반짝거리고 소중한 것들

반짝거리고 소중한 것들

/ 무례한 / 세상에서 / 자신을 지켜 낸 / 여성의 / 자전 에세이 /

게일 캘드웰 지음 · **이윤정** 옮김

Bright Precious Thing:
A Memoir by Gail Caldwell

유노
북스

루이즈 어드리치에게,
그리고 제일린과 라프에게

_목차

위대한 계시는 찾아오지 않았다.

어쩌면, 찾아오지 않을 것이었다.

대신 일상의 사소한 기적들,

어둠 속에서 뜻하지 않게 켜지는 성냥불처럼

반짝이는 순간들이 있을 뿐이다.

그때도 그런 순간이었다.

버지니아 울프 《등대로》 중

1

너와 나, 우리의 이야기

Bright Precious Thing:
A Memoir by Gail Caldwell

우리는 이제 수학자도 차량 정비공도 될 수 있었고,
치어리더가 아닌 축구 선수도 될 수 있었다.

2015년, 케임브리지

밖이 훤히 내다보이는 현관에서 내 반려견 사모예드 튤라가 귀를 뒤로 눕히는 걸 보니 반가운 손님이 오는 모양이다. 곧 타일러가 들어와서는 자기 몸무게보다 족히 7킬로그램은 더 나가는 개를 끌어안고 코를 비벼 댄다.

그녀는 늘 그렇듯 야무진 모습이다. "유치원이 일찍 끝나서 시간에 딱 맞춰 왔어요." 마치 빡빡한 일정 중에 잠깐 어디 다녀온 사람처럼 말한다.

두 집 건너 이웃인 다섯 살 타일러는, 동네 공원으로 향하는 길에 으레 우리 집을 지난다. 얼굴이 꼭 꼬마 슈퍼영웅처럼 생겼다. 세 살 때 하얀 털이 복슬복슬한 튤라에게 푹 빠져서는, 그때부터 하루 한 번은 우리 집에 들른다.

나는 그녀가 제일 좋아하는 다크 초콜릿 맛 웨이퍼(웨하스)를 잊지 않고 준비해 둔다. 타일러가 일주일 정도 가족 여행을 떠나 버리면, 우리 집은 아주 고요한 시멘트 덩어리가 된다. 그러다 며칠이 지나면 아침 일찍 현관문이 활짝 열리고, 그녀가 외친다.

"나 왔어요!"

오늘 우리는 뒤 베란다에 누워 무인도에 고립되면 어떻게 할지, 무엇을 챙겨 갈지 얘기를 나눈다. 딱 세 가지만 가져갈 수 있다. 타일러는 밧줄, 배(난파되었으니, 당연히 망가진 배겠지?) 그리고 칼을 고른다. 쭈쭈바 두 개랑 막대 아이스크림 하나 그리고 얼려 먹는 젤리도 가져간단다.

이미 세 가지를 훨씬 넘었다는 사실을 모르는 척하며, 나는 구운 닭고기와 우유도 챙기는 게 어떠냐고 묻는다. 그랬더니 우유를 먹으면서 엄마를 기다리면 튼튼해진다는 사실쯤은 자기도 안단다. 밧줄은 파란색인데 40만 킬로미터도 넘고 무한대로 길어서, 만일 엄마가 오지 않으면 밧줄을 바다 건너로 던져 탈출할 거라고 한다.

타일러가 벌써 무한대의 개념을 안다니 경이롭다. 물론 어른이든 아이든 서로에게 배울 게 많다. 그녀에게선 무작정 앞만 보고 직진하는 천진함이 느껴져, 마음껏 상상의 나래를 펼치도록 해주고 싶다.

나는 해변에서 서핑하다가 파도에 휩쓸린 한 소녀의 이야기를 들려준다. 소녀는 허기지고 외롭다. 그러자 타일러는 별자리를 보며 길을 찾는 방법을 엄마에게서 배웠다고 말한다. 하늘을 향해 손가락을 높이 들면 별자리 지도가 되고, 어느 방향으로 가야 땅이 나오는지 알 수 있단다.

"필요한 건 뭐든 하늘에 다 있지." 내가 맞장구를 친다. 우리는 고개를 젖히고 손가락을 높이 들어 하늘을 올려다본다. 아이들이 이끌어 내는 평온함 속에서 나는 마음이 충만해진다. 서핑하던 소녀의 이야기를 〈하와이 경찰(Hawaii Five-O)〉이라는 드라마에서 봤다는 건 타일러에게 말하지 않았다.

드라마 속 소녀의 엄마는 이미 죽은 지 오래고, 파도에 휩쓸린 그 소녀는 환청까지 들으며 탈수 상태로 죽어 가는 여성 경찰이라는 사실도 비밀이다.

타일러가 알면 우리의 놀이도 곧바로 비극으로 치닫고 말 것이다. 지금 이 순간만큼은 무인도에서도 좋아하는 아이스크림을 실컷 먹을 수 있고, 엄마는 두 집 건너 거리에서 찾아오고 있는 걸로 해 둔다.

타일러가 처음 우리 집 앞에 나타났을 당시, 나는 막 책 집필을 시작하던 차였다. 책은 텍사스에서 성장한 여성의 이야기이자, (1970년대에 일어난 여성운동인) 페미니즘이 내 삶에 미친 중대한 영향에 관한 내용이었다.

나는 개신교와 공화당의 요새인 텍사스 팬핸들(Panhandle) 지방에서 성인이 될 때까지 살았다. 그곳의 하늘은 아득히도 높아 보였다. 1968년에는 대학에 진학했는데, 그해 마틴 루터 킹과 로버트 케네디가 암살당했고, 리처드 닉슨이 대통령으로 선출되었다. 베트남 전쟁이 한창인 와중에 미라이 학살[1]과 구정 대공세[2]도 일어났다. 학생들의 반전 시위로 컬럼비아 대학교가 점거당했으며, 일부 여성 운동가들은 미스 아메리카 대회장에 난입하기도 했다.

1968년은 현대사에서 격동과 흥분이 최고조에 달했던 해로 기억될 만했다. 당시 열일곱이던 나는 모든 게 순식간에 변했다고 느꼈다. 수학 문제를 풀거나 책에 파묻혀 지내던 소녀가, 불과 몇 년 새 반전 시위대의 일원이자 젊은 페미니스트가 된 것이다. 뒷주머니에는 최루탄을 대비해 항상 젖은 두건을 넣고 다녔다.

마을 도서관에서 온종일 책을 읽고 언니와 공기놀이를 하며 시간을 보내곤 했던 소녀, 완전히 새로운 세계로 원정을 떠난 듯했다. 하지만 이제는 까마득한 옛날 일이 되었다. 반세기가 흐른 지금, 갈색 피부의 꼬마 소녀가 케임브리지에 있는 우리 집 베란

---

1 미군이 베트남 남부의 작은 마을 미라이의 주민을 대량 학살한 사건이다.
2 베트남 설 기간에 휴전을 선포했던 베트남민족해방전선이 남베트남과 미군을 급습한 사건으로, 언론에서 미국의 피해를 집중 보도하면서 여론의 분위기가 뒤집히고 반전운동에도 큰 영향을 미쳤다.

다에 앉아 몽상에 잠겨 있으니 말이다.

겨우 다섯 살이 지난 꼬마가 뮤지컬 〈해밀턴(Hamilton)〉에 나오는 대사를 알고 노래를 따라 부르기도 한다. 언젠가 타일러는 텍사스를 저 멀리 낯선 나라쯤으로 착각한 듯, "할머니도 이민자예요?"라고 물었다. 그러더니 해밀턴[3] 역을 맡았던 배우 린-마누엘 미란다(Lin-Manuel Miranda)의 대사를 읊었다. "우리 이민자들은 맡은 일을 제대로 해내니까요."

그때 나는 이 이야기가 나만의 것이 아닌, 우리 둘 모두의 이야기임을 알아차렸다.

젊은 날의 이야기를 책으로 남기고자 한 데에는, 기록을 바로 잡고픈 마음이 있었다. 1970년대 초반 텍사스 대학교에 다니며 여성해방운동 집회 여기저기를 찾아다닐 때, '페미니즘'이라는 단어는 사람들의 어휘 목록에서 금기어처럼 변질되어 있었다.

"제가 페미니스트는 아니지만…"으로 시작하는 문장들은 어이없고 귀에 거슬렸다. 적어도 제2세대 페미니즘인 구세대 버전에서는 지나치게 단순화되고 때로는 악마처럼 묘사된 페미니즘이,

---

3   알렉산더 해밀턴. 초대 워싱턴 정부 시절 재무장관으로 활약한 정치가로, 미국 건국의 아버지 중 한 명으로 꼽히며 미국의 발전에 지대한 영향을 미쳤다.

진보적 백인의 특권을 내포하고 있었다.

승리를 맛본 이들은 길거리가 아닌 회의실에 모였던 여성들이었다. 여성운동을 통해 원하는 걸 얻게 된 젊은 여성들은, 이제 여성해방운동을 폄하하거나 완전히 잊어버리기에 이르렀다.

페미니스트가 연대하는 데 예선전이 필요하다는 사실이 내게는 충격이었다. 내가 알던 페미니즘은 부르주아의 산물이 아닐뿐더러 배타적이지도 않았으며, 결코 지루한 게 아니었다. 내가 아는 한 페미니즘은 급진적이고도 흥미로운 것이었으며, 내겐 삶의 구원자로 역할하기도 했다.

사춘기라는 엄청난 사건을 마주한 나는, 온순하고 내향적인 소녀에서 거칠고 과감한 청소년으로 변모했다. 제대로 대비하지 못한 탓에, 다른 친구들과 마찬가지로 섹스나 약물, 로큰롤의 맹습을 당해 내지 못했다.

또 다른 한편에는 결혼과 모성이라는 전통적인 여성의 길이 나 있었는데, 그 길 또한 내겐 치명적이고 위험해 보였다.

여성운동은 두 가지 운명에서 나를 건져 줬다. 분별력과 자존감을 기르게 해 줬을 뿐 아니라, 삶에서 두려워하던 모든 걸 이해하도록 해 줬다. 성인기의 청사진을 그려 보며 매일같이 의구심을 품고 격분하던 당시엔, 삶이 진정 두려운 것이었으니 말이다.

그 시절을 회상하며 쓰기 시작한 글은, 반쯤 넘어 나가고 겁을 먹은 채로 텍사스 대학교에 수업을 들으러 다니던 나의 이야기로 시작됐다.

그렇게 시작한 이야기를 두 도시에 방문해서 낭독한 적이 있었는데, 관객석의 젊은 여성들이 눈물을 흘리는 모습에 나는 너무나도 놀라고 말았다. 무엇이 그들의 아픔을 건드렸는지는 어렴풋이 알 것 같았다.

몇 달 후 주말 강연에서는, 30대 이하의 여성들과 이야기를 나누고 그들이 쓴 글도 읽어 보는 시간이 있었다. 그중 많은 여성이 나와는 또 다른 어려움을 겪고 있었고, 나는 그들의 목소리에서 뭔가를 알아차릴 수 있었다.

날것 그대로의 목소리에서는 분노와 단호함이 느껴졌다. 그 강연에서 내 글을 낭독했을 때의 반응은 사뭇 달랐다. 그들은 눈물을 보이기보다는 고개를 끄덕이며 나름의 방식으로 연대와 결연을 표했다. 나는 집으로 돌아와 계속해서 글을 써 나갔다. 젊은 여성들의 글도 내 마음속의 뭔가를 매만진 게 분명했다.

서로 모방한 듯 닮아 있는 그들의 글은, 내가 수년간 잊고 지냈던 사건들을 되살리는 계기가 되었다. 나도 장애물들을 뛰어넘거나 회피하며 여기까지 왔고, 터무니없는 모욕들을 숱하게 견디며 살아왔다. 남자들이 들으면 어리둥절하고 낯설겠지만, 여성이라면 옆집 이웃만큼이나 익숙하게 느낄 만한 이야기들을 나는 다 기억한다.

텍사스 출신이든 맨해튼의 그리니치빌리지 출신이든, 부유했든 가난했든 상관없이, 여성이라면 다 알 것이다. 우리는 항상 식탁에 앉으면 자신의 몫보다 덜 먹도록 길들어 졌다. 누군가는 우리끼리 미워하고 두려워하는 걸 당연시하기도 했다. 하류 계급인 우리는 권력을 쥔 자들로부터 그렇게밖에 할 수 없도록 압박을 받으며 살았다.

나는 수십 년 전 우리가 밤을 되찾았을 때처럼, 과거의 기억과 말들을 되찾고 싶었다. 그때는 'TBNT'라고 적힌 티셔츠를 너덜너덜해질 때까지 입고 다녔다.

1970년대의 밤길 되찾기 운동(Take Back the Night)은 성폭력과 가정폭력에 반대하는 집단 시위의 시작이었다. 수천 명의 여성이 오스틴, 애틀랜타 그리고 뉴욕의 거리로 나와 길이라는 공간뿐 아니라 밤과 달빛에 대한 권리를 외쳤다.

우리가 원래부터 가져야 했던 것들을 되돌려 달라고 소리치고, 밤과 길거리의 자유를 위해 행진했다. 우리도 강간이나 폭행 걱정 없이 혹은 불쾌한 일에 꼬일 염려 따위 없이, 어디든 돌아다닐 수 있는 권리를 원한다. 깜깜한 하늘의 별들은 당신들만의 전유물이 아니다. 비켜라, 우리도 벤치에 앉을 권리가 있다.

그 시절 얻은 교훈은 아주 단순했다.

다른 여성들을 경쟁 상대가 아닌 연대의 대상으로 보기. 지성을 깨우고, 신체의 자유를 제약하지 않으며, 이전에는 거부당하거나 고려 대상이 아니었던 일도 할 수 있다고 믿기.

우리는 이제 수학자도 차량 정비공도 될 수 있었고, 치어리더가 아닌 축구 선수도 될 수 있었다.

왜 당연한 소릴 하냐고 묻는다면, 예전에 우리가 학교를 점거했고 여학생들은 수학 머리가 없으며 화낼 때 귀엽다고 말하던 남자 교수들에게 항의한 덕분이라고 말해 주고 싶다. 꼭 해야만 하는 싸움도 있었고 위험한 싸움도 있었지만, 대부분 꼭 필요하면서도 위험한 싸움이었다.

나는 막막하고 외로울 때나 이제 다 옛날 일이라고 느껴질 때면, 과거 우리의 행동과 말이 실제로 세상을 바꿔 놓았다는 사실을 상기해야만 했다. 이렇게밖에 달리 설명할 길이 없었으니까 말이다.

우리는 아는 게 많다고 생각하며 의기양양했지만, 사실 패기가 앞선 경우도 많았다. 그래도 자동차 보닛을 열어 팬벨트를 갈거나 직접 책꽂이를 만들 때는 너무 재밌고 심지어 흥분되기까지 했다. 엉성하게 고쳐 놓거나 장장 네 시간씩 걸렸다 해도 말이다.

우리는 여성들로만 구성된 로큰롤 밴드를 결성했고, 무료 법률 상담소도 운영했다. 벤치에 앉아 드럼을 치고 계급투쟁을 두고 논의했으며 먹거리를 기르기도 했다. 한동안 우리 모두는 자유를 얻었다고 생각했다.

여성 투쟁은 어렵게 얻어낸 것이었다. 특히 마음을 가장 많이 괴롭히는 요소가 내면에 있을 때는 더더욱 그랬다. 여성들은 화를 내면화하다 우울증에 걸린다거나 얌전하고 친절하게 구느라 권력을 쟁취할 수 없다는 생각처럼, 너무도 쉽게 이론같이 받아들여진 관념들을 바꾸기란 잔인하리만치 힘들었다.

이 이야기는 나 자신을 인두질하는 이야기이자, 비틀거리며 그늘 속으로 넘어졌다 일어나 걸어온 나의 길에 관한 이야기다. 나는 자주적인 여성의 이야기를 접하며 나도 모르는 새 단단한 마음의 근육을 길러 왔다.

버지니아 울프의 글을 접하기 한참 전부터, 나는 '자기만의 방'이 얼마나 소중한 건지 알고 있었다. 스스로 사고할 수 있는 능력은 '문에 채우는 자물쇠'에 달렸다는 사실도 잘 알고 있었다.

이야기가 진행될수록 내 이야기는 오히려 시시했다.

휠씬 암울한 이야기들이 셀 수 없이 많았다. 극악무도한 폭력과 악랄한 포식의 상황에 놓인 여성들에게 출구는 없었다. 최악의 상황에도 나름의 단계가 있어서, 길에서 만난 얼간이나 집주인의 폭력도 있었지만 시리아 알레포의 한 마을에 퍼붓는 비행 폭격도 있었다. 나는 힘든 상황에 놓였던 여성들을 매일매일 기억하기 위해 애썼다.

나는 아빠와 엄마 덕분에 최악의 상황에서도 자유로웠다. 아빠는 나를 아꼈고, 엄마는 당신이 이루지 못한 꿈을 내게 투영했다. 내겐 도서관도 있었다. 《잔 다르크(Joan of Arc)》, 《조디와 새끼 사슴(Jody and the fawn)》 그리고 참전 간호사 이야기 《체리 에임스(Cherry Ames)》를 좋아했다.

말괄량이와 중성적인 소녀들의 이야기 그리고 모험을 좋아하는 소녀들의 이야기는 이후 《보바리 부인(Emma Bovary)》이나 《테스(Tess of the D'Urbervilles)》와 같이 조금 더 비극적인 여주인공들의 이야기에 빠지기 전부터 나의 세계를 빚어 갔다. 조금 더 커서는 존 디디온(Joan Didion)[4], 릴리언 헬먼(Lillian Hellman)[5], 메리 맥카시(Mary McCarthy)[6]

---

4 미국의 도덕성과 문화적 혼란 등을 그려 낸 캘리포니아 출신 작가로, 스타일 아이콘 중 한 명으로도 유명하다.
5 미국의 극작가이며 좌익 활동으로 유명하다.
6 미국 소설가 겸 비평가 및 정치 운동가였다.

의 글을 즐겨 읽었다.

성인기로 접어들 무렵, 나는 미래를 향해 난 창문을 등지고 앉아 그녀들의 글을 읽었다. 흔히 좋은 미래라고 부르는 모든 건 두렵거나 불가능해 보였으니까 말이다. 하지만 작가가 된다는 상상에는, 주제넘고 오만한 생각이었을지언정 거부할 수 없는 뭔가가 있었고 두려움보다는 이끌림이 더 강했다.

나는 대학을 중퇴하고 캘리포니아 여기저기를 돌아다녔다. 다시 오스틴으로 돌아와서는, 법률 사무보조원으로 일하다가 채식주의자 식당에서 웨이트리스도 했다. 당시의 분위기로는 몇 년쯤 허송세월해도 큰 문제가 아니었다.

나는 늦잠을 자고 일어나 바톤 스프링스 풀에 가서 수영을 하고 텍사스 술집에 들러 술을 마시곤 했다. 남들 모르게 〈빌리지 보이스〉나 〈뉴욕 리뷰 오브 북스〉에 실린 비평을 읽었다. 주로 자기주장이 강한 여성 작가들의 글을 찾아 읽으며, 속으로 '나도 이 정도는 쓸 수 있겠는데'라고 은밀하게 생각했다.

'침묵, 망명, 교활함.' 이 세 가지는 제임스 조이스(James Joyce)가 《젊은 예술가의 초상(A Portrait of the Artist as a Young Man)》에서 곤란에 빠진 예술가 스티븐 디덜러스에게 무기로 쥐여 준 단어들이었다.

우리 집에 있던 그 소설의 1966년 판본을 열다섯쯤에 읽었던 걸로 기억한다.

오랫동안 사람 손을 거치느라 표지가 다 뜯어졌어도, 첫 장과 마지막 장에 내가 콤마도 없이 갈겨 써 둔 '침묵 망명 교활함'이란 문구가 그대로 남아 있다.

혹시 떠나야 한다는 사실을 잊으면 스스로 상기시키려고, 그렇게 책의 앞뒤로 문구를 써 두었나 보다. 로마의 시인 오비디우스의 대표작 《변신 이야기(Metamorphoses)》에 나온 라틴어 명구 'Et ignotas animum dimittit in artes'를 번역해서 적어 둔 적도 있다. 순진무구한 글씨체로 날려 쓴 흔적이 그대로 남아 있었다. '그리고 그는 자신의 마음을 미지의 예술로 향했다.'

내가 상상한 인생의 여정이 얼마나 광대했는지를 감안하면, 나의 마음 또한 '미지의 영역'으로 향했다고 할 수 있을 것이다. 조이스가 그려 낸 예술가가 젊은 남성이었다는 사실은, 내게 깊은 인상을 주지 않았을 뿐더러 나를 방해하지도 않았다.

그의 글은 내게 신성한 존재가 되었고, 헤세나 조이스 혹은 케루악의 문장들을 움켜쥔 무수한 순례자들이 자신의 능력을 시험하며 성장했다. 텍사스의 어린 소녀는 조이스의 책을 입문서 삼아 작가의 꿈을 안고 북극성을 향해 나아간 것이었다.

책 집필을 계획하는 순간, 영감을 주는 뮤즈들이 비웃는다고 했던가. 이 모든 일은 2016년 미국 대선 이전에 일어났다. 한 해 전 여름 도널드 트럼프가 출마를 선언했을 때 나는 너무 어이가 없어 탄식했고, 그가 열흘 안에 포기한다는 데 10달러를 걸었다.

대선 이후 2년간 여성으로 존재하며 겪는 일상의 시련은, 이면의 상처에서부터 시작해 분노와 카타르시스의 불협화음에까지 이르게 되었다.

나는 도의적인 용기가 결국엔 부당함을 이길 거라 믿어야 하지만, 엄청나게 끔찍한 사건들이 이미 일어났고 임기 중 얼마나 더 많은 게 황폐해질지 몰라 두렵다.

그래도 지난 몇 년간은 여성들이 표출한 분노에 탄력이 붙어 희망을 보기도 했다. 과거의 교훈을 잊지 않았다는, 그리고 우리가 어떻게 싸워왔는지 기억하고 있다는 희망 말이다.

이 시기에 또 다른 무언가가 나타나 내 삶을 건드렸다. 끔찍했던 신문 1면의 뉴스들만큼이나 강력한 힘과 의미를 지닌 만남이었다.

어느 날, 조그맣고 수줍은 얼굴을 한 꼬마 숙녀가 우리 집 문을 두드렸다. 이웃에 새로 이사 온 꼬마가 오가던 길에 내 반려견을 봤는지, 개를 보고 싶다며 엄마와 함께 찾아온 것이었다.

그녀의 참한 엄마는 미안한 듯 눈치를 봤고, 꼬마의 모습은 잊을 수 없을 만큼 어여뻤다. 튤라가 몸을 뒤집고 꼬리를 흔들며 좋아하는 모습을 보니, 길게 얘기할 것도 없었다. 타일러는 그날 이후 언제든 우리 집에 와 나를 만날 수 있는 권한을 갖게 되었다.

그렇게 복숭아 디저트와 물싸움 그리고 완벽한 여름날의 오후가 존재하는 길이 양방향으로 열리게 되었다. 모르긴 몰라도, 내가 어린 그녀에게서 배운 게 가르친 것보다 훨씬 더 많은 듯하다.

나는 그날 베란다에 누워 있을 때, "필요한 건 뭐든 하늘에 다 있지"라고 타일러에게 말해 줬다. 그 말은 사실일까? 하늘에는 비행기도 있고, 상상 속 선한 신과 화난 신들, 빛, 물, 색채, 희망이 있다. 그리고 폭격기, 드론뿐 아니라 산성비처럼 아래로 내리는 것들도 있다.

고대인들은 일식을 보며 세상이 끝나는 날이라 믿었다. 어느 가을날 친구들과 나는 월식을 보려고 기다리고 있었다. 사람들이 사과주와 럼주가 든 머그잔을 돌리는 동안, 나는 달에 시선을 고정하고 있느라 목덜미 근육에 경련이 일었다.

붉은 오렌지 빛으로 변하다 점점 작아지던 달이 완전히 모습을 감추기까지, 마지막 순간 대단히 중요한 신호를 놓치게 되는 건 아닐까 하는 조바심에 눈을 떼지 못했다. 세상이 우리에게 작별 인사를 하기 직전 화가 나서 얼굴을 붉히는 모습을 떠올렸다면 너무 극적인 은유일까?

우리는 하늘의 존재를 너무 당연하게 여긴다. 지독히도 새파란 하늘, 질릴 만큼 흔하디흔한, 하지만 누구도 모방하지 못할 그 푸른빛을 말이다. 9·11 사건 이후로는 새파란 하늘을 보면 비극이 떠오른다….

강 위로 기다랗게 늘어선 다리, 비행선 혹은 석유시추선으로 시선을 던져 보아도 매일 새벽만 되면 자신의 존재를 드러내고 푸른빛을 흩어 내는 하늘이 버티고 서서 배경이 되어 주고 있다. 하늘의 말이 들리는 듯하다.

'나는 항상 여기 있었지. 내 아래서 뭐든 재밌는 건 다 해 봐.'

세상은 이제 엉망이 되었다. 하지만 그 사실을 타일러에겐 말하지 않았다. 40만 킬로미터를 넘어 무한대의 길이를 가늠할 줄 아는 다섯 살 소녀라면, 하늘을 구해 내는 상상력과 죽을 만큼 노력해 볼 용기를 지니고 있다.

그러니까 이 책은 여성들에게 바치고 싶다.

먼저 이네스 가르시아(Inez Garcia)에게 바친다. 1974년, 강간을 당한 그녀는 집으로 가서 22구경 소총을 가지고 나왔고 강간범을 찾아가 쏴 죽였다. 그녀는 2급살인 혐의로 주 교도소에서 복역하다가, 2년 후 평결이 뒤집히며 혐의를 벗었다.

레시 테일러(Recy Taylor)에게도 바친다. 소작인이었던 그녀는 여섯 명의 백인 남성에게 윤간을 당한 후 침묵하지 않았고, 로자 파크스(Rosa Parks)[7]가 이 사건을 파헤쳤다. 로자 파크스는 수년 뒤 백인에게 자리를 양보하라는 버스 기사의 요구를 거절했다.

데비 샤프(Debbie Sharpe)에게도 바친다. 텍사스 출신인 내 오랜 친구 데비는 스토커의 손에 살인을 당했다.

버지니아 울프가 상상했던 셰익스피어의 누이에게도 바친다.

소설 《시스터 캐리(Sister Carrie)》의 주인공에게도 바친다. 난잡한 계집이자 인기도 없고 마약쟁이였던 캐리는, 입센의 소설 《인형의 집》에서 집을 뛰쳐나간 노라가 닫고 나간 문의 근처에도 가 보지 못했다.

전기충격 치료를 받다 돌아가신 나의 이모와 고모에게도 바친다. 알코올중독과 우울증으로 죽어 가는 여성들을 치료할 방법이 전기충격 말고는 달리 없었다고 한다.

물론 이 책은 소년들을 위한 것이기도 하다. 좋은 남자로 자라

---

7 시민운동가였던 로자 파크스는, 몽고메리 시내에서 버스를 탔다가 백인에게 자리를 양보하지 않아 체포되었다.

가는 법을 배우는 선한 아들들에게 바친다.

　우리를 뒤이어 이 땅에서 삶을 꾸려 갈 모든 이에게도 바친다.

전쟁에 짓밟힌 이 땅 위에서 살아 낼 다음 세대 모두에게 말이다.

　　　　　　　　　　　　　　　반짝거리고 소중한 것들

2

누군가 내 뒤에 있다는 것

Bright Precious Thing:
A Memoir by Gail Caldwell

내가 보호받을 자격이 있다는 사실을
나는 아버지 덕에 배웠다.

내가 운이 좋았다고 한다면, 거칠었지만 딸들을 사랑하고 다정했던 아빠가 계셨다는 점이다. 걸핏하면 화를 내는 성미와 완고함이 문제이긴 했어도, 때로는 그런 면이 딸들을 보호하는 역할을 했다.

제2차 세계대전 당시 육군 상사로 참전했던 아빠는, 3년간 잉글랜드 블랙풀에 주둔하며 유럽 전역으로 향하는 보급기지 운영을 담당했다. 급여 날이 되면 군인들은 시내로 나가 펍에서 시간을 보내곤 했다.

누구보다 술을 좋아했던 아빠는, 기지에 남아 자리를 지켰다. 몇 시간씩 술집에 머물던 군인들이 통금 시간에 맞춰 돌아오면, 아빠는 혹시 카드놀이를 할 사람이 있는지 물었다.

텍사스 농장 집안 출신인 아빠는 묵직하고 낮은 목소리 덕에 항상 믿음직한 사람처럼 보였지만, 그래서 더더욱 위험한 포커 선수였다.

1946년 아빠는 잉글랜드 생활을 청산하고, 허리춤에 돈주머니를 꼭꼭 숨겨 고향으로 돌아왔다. 전쟁이 끝나고 엄마와 함께 텍사스 애머릴로에서 작은 집을 매입할 때 그 돈으로 계약금을 냈다. 보급기지 시절 금요일 밤마다 포커로 딴 돈이었다. 아빠는 내가 네 살이 되자 카드 게임 하는 법을 가르쳐 줬다.

전설처럼 전해 오던 부모님의 옛날이야기 중 어떤 건 아빠가 돌아가신 후에야 더 큰 울림을 주기도 했다.

열 명 중 아홉째였던 아빠는, 텍사스 동부의 어려운 농가에서 태어났다. 식탁 위에 먹을 걸 올리기 위해 온 가족이 쉬지 않고 일했다.

아빠의 기억 속에서 가장 풍성했던 크리스마스는, 열 명의 아이들이 모두 오렌지 하나씩을 먹은 날이었다. 오렌지 얘기를 할 때면 아버지의 눈에서는 빛이 났다.

나는 어린 시절 내내 아빠가 두려움 따위 없는 천하무적이라 생각했지만 이제는 안다, 아빠가 유일하게 두려워한 게 가난이었다는 걸 말이다.

보급기지에서 포커로 돈을 모은 육군 상사 이야기도, 그 상사가 텍사스 술푸르 스프링스(Sulphur Springs) 지역에서 위험을 무릅쓰고 삶을 헤쳐 나갔던 맨발의 소년이었다는 사실을 알면 느낌이 달라진다.

아빠는 아주 어렸을 적부터 농장에서 목화를 땄고, 언젠가 말

반짝거리고 소중한 것들 🌾

씀하시길 텍사스 태양 아래에 누워 양쪽에 누나 한 명씩을 두고 손가락 열 개로 하나부터 열까지 세는 법을 배웠다고 했다. 그러다 머리가 조금 자라자 다섯이나 되는 형들은 손가락이 주먹이 될 수 있다는 사실도 알려 줬다.

아빠는 세 군데에서 아르바이트를 해 가며 겨우 대학을 졸업하긴 했지만, 어렸을 때 누나와 형들에게서 가장 값진 걸 배웠노라 회상했다.

아빠와 나는 수십 년을 정치 문제로 다퉜다. 그 다툼은 무의미하고 추했을 뿐더러 서로에게서 최악의 모습을 끄집어낼 뿐이었다. 나는 아주 건방지고도 고매했고, 아빠는 내게 세상을 모르는 멍청이라고 했다.

그는 아주 구시대적이고 보수적인 민주당 지지자였으나, 닉슨과 레이건에게로 전향했다.

나는 오스틴에서 지낼 무렵, 엉덩이에 베트콩 국기가 수놓인 청바지를 입고 집에 가서는 내게도 아빠를 격노케 하는 재주가 있다는 사실에 흥분했다.

우리는 참 어리석었다. 아빠는 언제나 실속이 없어도 허세를 부릴 줄 알아야 한다며, 인생의 반은 그게 다라고 주장했다. 그가 죽고 15년이 지난 지금, 나는 그 말이 우습지만은 않다. 애석하게도 아빠의 말은 사실이었다.

대선을 일주일 앞두고 언니가 내게 문자를 했다. '아빠는 누굴 뽑으실까? 진정 딜레마에 빠지실 듯.'

내가 재빨리 답신을 보냈다. '딜레마는 무슨. 당연히 힐러리지.'

다시 문자가 왔다. 언니는 나의 대답에 놀라고 회의적인 게 분명했지만, 더 이상의 장황한 연설을 듣기 싫은 기색이 역력했다. '왜? 아빠는 트럼프를 어떻게 생각하실까? 딱 한 단어로 표현하면 말이야.'

나의 답신은 이랬다. '두 단어로 해 볼게. 파산 여섯 번.'

그리고 또 보냈다. '두 단어 더 있음. 성 추문.'

언니에게 답이 왔다. '너무 웃기다. 덕분에 크게 웃었어.'

그때 우린 아마 똑같은 기억을 더듬고 있었을 것이다.

아빠가 성장한 텍사스 동부에는 모기가 득실거리는 광활한 늪지대와 목화, 수박을 기르는 수십만 평의 땅이 있었다. 아빠의 부모님인 핑크와 델라는 내가 태어나기 전에 돌아가셨고, 생전에 그분들이 지었던, 천장 높이가 3미터나 되고 실내에 배관시설이 없는 집은 이제 대가족이 모이는 장소가 되었다.

내가 태어났던 1950년대까지만 해도, 누군가는 그 집에서 카드 게임을 하고 믿기 힘든 전설을 들려주곤 했다. 집 안에는 할머니가 열 명의 아이를 먹였던 기다란 식탁도 놓여 있었다.

아빠는 한 그릇 더 얻어먹으려고 항상 급하게 먹었던 어린 시절을 회상했다.

아빠가 형들과 다 같이 누워 자던 방도 있었다. 그 방은 아빠에게 끔찍이도 두려운 기억을 남기기도 했다.

그가 말하길, 여덟 살일 땐가 밤에 자다가 잠깐 깼는데 베개가 울퉁불퉁했다고 한다. 밖에 있는 변소에 갔다가 침대로 와서 베개를 뒤집어 보니, 희미한 달빛이 비친 베개 위에 독사가 몸을 돌돌 말고 있었단다. 그가 머리를 두었던 바로 그 베개에 말이다.

그날 이후 아빠는 뱀을 제일 싫어하게 되었다고 했고, 그의 장난꾸러기 딸인 나는 백과사전에서 총천연색 파충류 사진이 가득한 페이지를 찾아들고 살금살금 아빠 뒤로 걸어가 그를 놀래 주는 걸 즐겼다.

그럴 때마다 아빠는 화들짝 놀라는 척하며 고함을 지르곤 했는데, 놀라는 척이 아니었을지도 모르겠다. 아빠가 작은 뱀 따위를 겁낸다는 게 잘 믿어지지 않을 때였다.

우리는 항상 '그 농장'이라고 불렀다. 외할아버지도 근거리에서 농장을 운영하셨고 거기에 더 자주 가곤 했지만 말이다. 할아버지와 할머니가 가족을 일군 곳이 우리에겐 영원히 '그 농장'이었고, 아빠가 들려주는 이야기의 유일한 원천이었으며, 어릴 적 나의 심안으로 바라본 장소이기도 했다.

고모들과 작은아빠들 그리고 사촌들 집을 통틀어, 우리 집이 그 농장에서 제일 멀었다. 우리 가족은 애머릴로에서 술푸르 스프링스까지, 텍사스 끝에서 끝까지 열 시간 동안 차를 타고 농장에 가곤 했다.

농장엔 항상 사촌들이 바글거렸다. 나와 나보다 두 살 위의 언니는 무리의 주변을 맴도는 편이었다. 우리는 책 읽는 걸 좋아했고, 그래서 놀림을 받았다. 언니는 말괄량이 기질이 있었음에도 보통 내 옆을 지키느라 조용히 있었다.

외부 변소의 걸쇠는 처음 봤을 적부터 망가져 있었다. 소꿉놀이하던 마당의 석회 가루 냄새가 아직도 코끝에 머물러 있는 듯하고, 널판 사이사이로 비추던 어슴푸레한 볕도 눈에 선하다.

바깥에 마련된 변소는 가난한 시골의 삶을 상징하긴 했어도, 무서운 장소는 아니었다. 아이들은 으레 뭐든 놀잇감으로 만들었고, 비위가 약한 사촌도 없었다. 너른 뒷마당에서 술래잡기나 전쟁놀이를 할 때면, 변소는 재빨리 숨어들어 잠시 안도할 수 있는 공간이었다.

하지만 어린 아빠가 잠을 자던 공간에 침범했던 작은 뱀처럼,

변소에도 달갑지 않은 손님이 하나 찾아왔다. 그해 여름 열둘인가 열세 살 정도 먹었던 랜스는 나보다 나이가 많았는데, 남자 사촌 중에서는 항상 대장 노릇을 했다.

우리는 그를 피하거나 소심하게 따라다녔다. 다른 선택의 여지가 없었다. 그는 변덕이 심해 우리를 괴롭혔다.

약한 친구를 잘 괴롭히는 애들이 항상 그렇듯, 랜스도 놀다 말고 금세 지루해했다. 그러던 그해 여름, 그가 여자 사촌들에게 시선을 돌렸다.

변소 문에 달린 걸쇠가 망가진 탓에 누가 숨어도 바로 들킬 수밖에 없었다. 랜스의 계략은 이랬다. 몰래 기다렸다가 여자 사촌 중 누가 변소에 들어가면, 문 앞을 지키는 아이를 밀쳐 내고 변소 문을 활짝 열어 버리는 것이었다.

바깥에 지은 변소들은 바닥에 깊은 구멍을 뚫어 놓고 나무판으로 대충 두른 단순한 구조였다. 누구든 안에 들어갔다가 문이 열리면 당황할 수밖에 없었다.

문 앞을 지키고 섰던 언니는, 랜스보다 나이도 많고 키도 컸다. 언니가 끝까지 버텨 준 덕분에 랜스는 내게 굴욕감을 주는 데 실패했다.

하지만 어느 여름날엔가 여자 사촌들이 온종일 랜스를 피해 다니고, 소변보러 갈 때마다 머뭇거리면서 그가 지켜보지 않는 틈을 타 조심스레 변소에 다녀오던 기억이 난다.

누가 일러바쳤는지는 모르겠다. 아마 어린 사촌 중 하나는 침묵이 명예의 암호임을 아직 몰랐던 것 같다. 그리고 그가 누구에게 찾아갔는지도 모르겠으나, 어쨌든 참견한 어른은 나의 아빠뿐이었다.

아빠는 다음 날까지 기다렸다가, 아이들이 정신없이 놀 때 미소를 머금은 얼굴로 조용히 랜스에게 다가갔다. 그러더니 랜스를 잡아 머리 위로 높이 들어 올려 버렸다. 그 모습이 꼭 목장 주인이 뒷발을 차 대는 송아지를 들어 올린 것 같았다.

아빠는 대학 시절 미들급 레슬링 선수였으니, 힘을 들이지도 않고 번쩍 들어 올렸을 것이다. 아빠는 사랑스러운 조카를 들고서 뭐라고 속삭이듯 타이르더니, 아주 부드럽게 내려 줬다.

랜스는 미동도 하지 않았다. 그날 아빠가 뭐라고 했는지 들은 아이는 아무도 없었다. 다만 그날 이후 랜스는 우리를 괴롭히지 않았다.

그날 밤 작은아빠들은 다 같이 랜스를 데리고 사냥의 밤에 나섰다. 예로부터 텍사스 동부에서는 남자들이 한 소년을 숲으로 보내 몇 시간 동안 가상의 사냥감을 찾아 헤매도록 하는 놀이를 하곤 했다. 내 생각엔 아빠가 재빠른 술책으로 랜스를 보내기로 했지 싶다.

누굴 괴롭히는 데는 아빠가 랜스를 능가했다. 랜스는 자기보다 덩치가 두 배나 크고 나이도 두 배나 많은 사람에게 한 방 먹은 것이었다. 딸들을 보호하겠다고 나선 한 남자에게 말이다.

아빠는 돌아가시기 전이나 후에도 내게 이상적인 아빠였다. 그날 랜스를 겁먹게 한 엄하고 낮게 깐 목소리를 나는 잘 알고 있다. 하지만 나는 한 번도 아빠를 겁낸 적이 없다.

나는 용이 지켜 주는 성안에 사는 백성이었으니까. 용은 내게 고마운 존재였고, 랜스에겐 달갑지 않은 존재였다.

반세기가 넘게 지나고서야 나는, 아빠가 가끔 보였던 폭력적인 성향이 내게 짐이었다기보다는 든든한 자산이었다는 생각을 한다. 텍사스 남자들 특유의 뻐기는 모습을 보일 때마다 진절머리가 났지만, 덕분에 익살스러운 농담과 변소, 뱀, 불한당 사촌 같은 전설들도 남았다. 그런 성향은 적재적소에서만 발휘되었다.

아빠의 자신감과 딸들에 대한 사랑은 효과가 있었다. 훗날, 내게 용기가 필요할 때 아빠의 자신감과 사랑을 떠올렸다.

1960년대를 맞이하는 때 텍사스 팬핸들에 살던 소녀에게 그보다 더 귀중한 교훈이 있었을까. 누군가가 내 뒤에 있다는 것, 그리고 내가 보호받을 자격이 있다는 사실을 아빠 덕에 배웠다.

타일러가 입은 티셔츠에 걸 파워[8]를 상징하는 'SMART, ARTIST, STRONG'이란 단어가 크게 적혀 있었다. 나는 티셔츠로 읽기 수업을 시도했지만, 그녀는 금방 지루해하는 눈치다. 타일러는 세 단어 모두를 잘 알고 있고, 자신이 이미 그렇다고 혹은 그렇게 될 거라고 믿는 듯하다.

대신 뒷마당에서 장애물 달리기를 하고 싶다 했다. 그러면서 튤라의 민첩성을 시험할 만한 장애물들을 세우자고 제안했다.

나는 이내 접이식 의자들을 펴서 빗자루와 갈퀴를 뉘고, 점점 난이도가 오르는 낮은 장애물들을 설치했다. 그러고는 나의 소중한 꼬마와 반려견이 한 치의 머뭇거림도 없이 장애물을 넘어 내달리는 장면을 숨을 참고서 지켜봤다.

타일러가 마당 한 바퀴를 도는 동안 휴대전화의 스톱워치로 시간을 재며 있는 힘껏 응원을 보냈다. 조그마한 우사인 볼트가 임시변통으로 만든 장애물 트랙을 뛰고 또 넘었다.

타일러가 마지막 장애물을 넘을 때 나는 "조금만 더, 조금만 더,

8　개인주의를 중시하고 자기주장이 확실한 젊은 여성들의 독립적인 태도를 지칭하는 사회학 용어다.

거의 다 왔어!"라고 외쳤고, 결승전에 들어온 그녀는 "얼마나 걸렸어요?"라고 물었다.

마침내 우리 모두 서늘한 잔디 위에 드러누웠다. 기진맥진한 타일러는 미소를 머금었고 튤라는 헐떡거렸다. 둘을 응원하느라 목이 쉰 나는, 사커 맘과 빌 벨리칙 감독[9] 사이 어딘가에 있는 기분이었다. 푹신한 튜브 놀이기구 위에서 아이들과 같이 놀고 있는 부모들의 마음을 알 것만 같다.

"네가 나를 제대로 키우는구나"라고 타일러에게 말했다. 우리는 설탕 그릇에 딸기를 담고 있었다. 언젠가 그렇게 먹지 말라고 꾸짖었더니, 타일러가 나보고 다음에라도 꼭 먹어 보라고 했던 디저트다.

이곳의 규칙은 느슨한 편이다. 하지만 타일러가 우리 집에서 하룻밤 자고 가는 데 환상을 품기 시작하면, 나는 군대 생활을 들먹이며 조금 꽉꽉하게 군다.

새벽 다섯 시에 기상나팔을 불면 바로 일어나서 체조하기. 아침으로는 차가운 시리얼을 먹되, 지하실 청소를 끝낸 뒤에야 먹을 수 있다고 말이다.

---

9   미식축구 감독으로, 현재 뉴잉글랜드 패트리어츠 팀을 맡고 있다.

그러면 타일러는 울상을 하고 묻는다. "그런 다음에는요?" 그녀는 이런 이야기를 재밌어 한다.

무슨 애길 지어내도 우리 둘은 항상 즐겁다.

반짝거리고 소중한 것들

3

칼은 휘두르라고 있는 것이다

Bright Precious Thing:
A Memoir by Gail Caldwell

평생 낯선 이와 미련퉁이들을 지겹도록 용서해 온 나는,
오늘만큼은 서슬이 퍼랬다.

2016년 대선 몇 주 전, 보스턴 사우스 엔드(South End)에서 친구와 저녁을 먹고 있는데 트럼프가 빌리 부시(Billy Bush)에게 성추행 경험에 관한 음담패설을 늘어놓는 녹음 파일이 공개되는 영상이 나왔다.

끊임없이 흘러나오는 뉴스거리에 지쳐 있던 터라 몇 시간 동안 휴대전화를 들여다보지도 않다가 밤 열 시쯤 켰더니, '뉴스 봤어?' '이제 다 끝났음' 같은 문자가 쇄도했다. 그날 이후 며칠간은 정보가 쏟아졌다. 선거를 4주 남겨 두고 열두 명의 여성이 공화당 후보를 간통죄로 고발했다.

소셜 미디어 전문가인 켈리 옥스퍼드(Kelly Oxford)가 올린 트윗은 폭발적인 반응을 이끌어 냈다. 그녀는 문제의 녹음 파일이 공개된 날 밤 트위터에 이렇게 썼다. "여성분들, 처음 겪은 성폭력 경험을 공유해 주세요. 나부터 시작할게요. 열두 살 때, 버스 안에서 한 노인이 웃는 얼굴로 접근하더니 내 '성기'를 움켜쥐었어요."

그녀는 훗날 한 인터뷰에서 소수의 여성만이 참여할 거라 예상했다고 말했다. 당시 그녀의 트윗은 무려 3천만 명의 호응을 얻어 냈다.

내가 아는 모든 여성은 그 녹음 파일 이야기에 간담이 서늘하고 켈리의 대응에 후련해했다. 하지만 두 사건 모두 낯설지 않았다. 아주 많은 여성이 어깨를 한 번 으쓱하듯 트윗을 올렸다. '좋아요. 뭐부터 말해 볼까요? 처음 당한 거? 아니면 최악의 경험?' 상황은 여성들끼리 실내에서 벌이는 암울한 게임처럼 되었다.

나는 열다섯 번까지 기억났다고 친구에게 문자를 쓰다 말고, 기준이 모호해 이렇게 보냈다. '강에서 로잉 연습할 때 본 노출증 환자들도 다 포함할까? 그러면 열다섯 번이 훨씬 넘거든. 비행기에서 어떤 남자가 내 가슴을 만지려고 했던 건? 내가 그 남자 팔을 잡긴 했지만.'

친구는 "와, 넌 나보다 훨씬 많이 당했네"라고 말하며, 동료 음악가가 어설프게 만지려고 할 때 쳐 냈던 기억을 떠올렸다. 그래서 내가 받아쳤다.

'넌 스물일곱에 결혼했으니까 그렇지. 남편들이 아내를 지켜 주니까(남편 중에도 일부만 그렇다고 덧붙였어야 했다). 자기들의 소중한 재산이잖니. 갑자기 옛날 일이 생각나네. 같이 일하던 동료가 빈 편집실에서 날 붙들더니 입에 혀를 갖다 대더라고. 어쨌든, 참 애쓰더라.'

그나마 유머 덕분에 과거에 느낀 분노가 다시 숫구치지는 않았다. 그리고 나는 내면 깊이 묻혀 있던 규칙들을 불러냈다. 일부러 모른 척하는 법, 어두운 길에서 빨리 지나가는 법, 혼자 있을 때 주차장에서 빠져나가는 법, 눈 맞추는 법, 고함치기와 회유하기, 큰 소리로 말하기, 도망치기, 손가락 사이에 열쇠를 끼우고 주먹 쥐기, 휘파람 불기, 유도 배우기.

이 모든 건 여자로 살아가는 데 필요한 생존 가이드였다.

그 충격적인 폭로 사건이 터진 후 선거가 열리기까지, 나는 입이 바싹바싹 마르고 쉽게 열이 받고 어디로 튈지 모르는 지경이 되었다. 진정하려고 수영을 더 열심히 했다. 말이 빨라지는 건 어쩔 도리가 없었다. 개인적인 일이든 사회적 사건이든, 재앙이 일어났을 때마다 나의 반응이 이렇진 않았다.

나는 시간이 지나고 주저앉는 한이 있더라도 최악의 상황 가운데서 차분함을 유지했고, 국제적 테러 사건들과 내면의 괴물 사이에 단단한 자아의 장벽을 세워 두고 버텼다. 9·11 사건이 일어났을 때 모두가 느낀 충격과 슬픔을 나도 느꼈지만, 내 일이라곤 생각하지 않았다. 보스턴 마라톤 폭탄 테러의 폭파범이 우리 마을에서 추격당할 당시 나는 집에서 안전하게 머무르라는 명령을 받았고, 그날 온종일 집에 총기가 있는지 묻는 텍사스 친구들의 전화를 받고 그들을 안심시키느라 시간을 보냈다.

세상에서 일어난 끔찍한 사건들은 대부분 내 이야기가 아니었다. 항상 그런 건 아니었지만, 그렇게 생각하는 게 정신적으로 도움이 되기도 했다.

그 몇 주에 걸쳐 다시 부푼 기억들은 신문 1면에 담을 만한 종류가 아니었다. 그 이야기들은 길거리에서 마주친 여성들의 눈빛에 담겨 있었고, 여자 탈의실에서 들려왔으며, 꿈에도 나와 번득 잠을 깨웠다. 아주 오래전부터 쌓여 온 수치심의 기록들이 독성을 뿜어내기 시작했지만, 패배와 체념이라는 오랜 문화적 제약 없이 들여다보는 게 힘들었다.

현상 유지는 여성들의 목을 조른다. 두려움과 침묵, 보이지 않는 강력한 두 가지 무기는 한때 봉쇄된 공간에 놓여 있던 여성이란 존재의 어두운 면을 지켜 왔다. 공유되지도, 기억되지도 않은 채로 말이다. 우리는 여전히 곁눈질하거나 한숨을 내쉰다. 왜 그리도 많은 여성이 트럼프를 뽑았을까? 텍사스에 사는 옛 친구에게 물었다. 적어도 열 명이 성폭행을 당했다고 고소했는데, 도대체 무슨 생각으로 그를 뽑았을까?

"신경도 안 써"라고 대답하는 친구의 목소리에서는 권태로움이 느껴졌다. "아니면 여자들 말을 안 믿겠지. 옛날부터 항상 그래

왔다고 말하는 사람들도 있어." 사람들은 그럴 듯한 역사적 추론을 끌어와 가당치도 않은 과거사를 들먹이며 현재를 정당화한다.

활짝 핀 꽃들이 장관을 이뤘던 2016년 봄, 텍사스에서 34년 지기 친구가 날 만나러 왔다. 우리는 강 근처로 가서 좁고 오래된 케임브리지 뒷골목을 걸어 다녔다.

19세기 노동자들이 모여 살던 작은 집들이 질서정연하게 조그마한 성처럼 개조되어 있었고, 무성히 핀 덩굴장미와 작약 아래로 누군가 '당장 전쟁을 중단하라'라고 써 놓은 흔적이 남아 있었다 (무슨 전쟁을 말하는 거지? 누가 썼을까?). 그 옆으로는 '주의! 개 조심'이라는 표시도 보였다. 이 모든 건 난감할 정도로 케임브리지다운 풍경이었다.

"이제 너도 여기 사람이네, 동부 사람. 안 그래?" 섀넌이 물었다. 이 구불구불한 길을 정처 없이 걷다 보니, 마침내 30여 년이 지나고서야 내가 텍사스를 떠났다는 사실이 실감난 모양이다.

그로부터 한 달여의 시간이 지나고 뉴잉글랜드에는 극심한 가뭄이 찾아왔다. 녹음이 무성했던 숲은 찰나에 초라해졌다. 정치가 돌아가는 판을 보니 갑갑증이 일었다. 창창했던 신록이 바싹 메마른 땅으로 변하고 있었다.

9월, 나는 도망치듯 사우스 쇼어(South Shore)에 가서 해변을 걸으며 산책 나온 개들과 파도를 바라보고 있었다. 한날 저녁, 입고 간 옷은 차 안에 벗어 둔 채 티셔츠만 걸치고 1.5킬로미터 정도를 걸어 인적 드문 해변에 도착했다. 나는 높다란 바위 위에 티셔츠를 벗어 놓은 뒤 속옷 차림으로 수영을 하러 들어갔다.

신성한 순간, 눈을 감은 채 본능이 이끄는 대로 파도에 몸을 맡기자. 파도로 뛰어들어라. 흐름을 거스르려 애쓰지 말고 해변과 나란히 헤엄치다 지치면 등을 돌린 채 물 위에 머무르면 된다.

하늘을 올려다보고, 삶은 언제나 당신보다, 당신의 두려움보다 큰 존재임을 기억하자. 물에 뜬 채로 공기를 가득 머금으면, 폐 속 가득 생명력을 채워 넣으면, 당신은 뗏목이 된다. 발을 구를수록 몸이 가라앉고, 물은 당신의 적이 된다.

바다와 땅은 단 한 번도 당신의 적인 적이 없었다. 아니, 당신에게 관심이 없다. 그러니 자연의 생명력을 빌어 앞으로 나아가는 편이 차라리 낫다. 그럼 당신은 살 수 있다. 심지어 파도 속에서 자신이 사라지는 순간을 경험하며 희열을 느낄 수 있다.

주머니 속 돌들은 안 된다. 아직은 때가 아니다. 여긴 우즈 강[10]

---

10 버지니아 울프는 주머니에 무거운 돌들을 넣고 우즈 강으로 산책 갔다가 투신자살했다.

이 아니지 않는가. 당신의 티셔츠가 바위 위에서 기다리고 있다. 땅 위에서, 진짜 적들이 도사리는 땅 위에서 말이다. 먼저 바다의 품에서 힘과 품위를 떠올려 보자.

정말이지 피난처에 잘 머무는 건 매우 중요한 문제다.

나는 그해 가을, 언제나 피난처에서 머물곤 했다. 수영장에 가고, 반려견과 숲으로 산책을 다녀오고, 30년 이상 참여한 AA 모임[11]에 나갔다. 내게 있어 AA 모임은 인간의 마음에 관해 배울 수 있는 최고의 고등 교육 기관이다.

이 특별한 모임에는, 대부분의 AA 모임이 그렇듯 광범위한 인간 군상이 모인다. 단지 모임에 참여하는 남녀 비율이 보통 9대 1일뿐이다. 그곳에서는 이해받고 존중받는 것 같고, 거기서 알게 된 남자들은 당장에라도 뒤를 맡길 수 있을 정도로 믿음이 간다.

선거가 끝난 다음 주, 나는 모임 장소에 걸어 들어가며 너무 화나고 불안하다고 말하는 데 아무런 거리낌이 없었다. 많은 이가 나와 똑같이 느끼고 있었다.

어느 밤엔가 모임을 마치고 수십 년 동안 가까이 지내 온 두 남

---

11 '익명의 알코올중독자들(Alcoholics Anonymous)'은 회원들의 공동 문제를 해결하고 다른 사람들이 알코올중독으로부터 회복되도록 돕기 위해 경험과 힘과 희망을 나누는 공동체다.

성 회원과 주차장에 서 있었다. 나는 요즘 얼마나 많은 여성이 희롱당한 얘기를 털어놓는지 말하고 있었다. 여성들이 직장과 길거리에서 당하는 일들을 말이다.

내 목소리 톤이 조금 높아지면서 날 선 느낌이 들었다. 그러자 예순둘 먹은 G가 입을 열었다. 그는 평소의 침착한 행동만큼이나 재밌고 부드럽게 말했다. 남자건 여자건 모두가 굴욕과 창피를 당하는 특정 의식을 헤쳐 나가야 한다고 말이다. 그는 신병 훈련소를 들먹이며 원시적이고 성별도 가리지 않는 곳이라 말했다.

나는 잠시 머뭇거리다가, '아니 아니 아니'라고 생각했고 지금 내가 하는 얘기는 성 중립적 얘기가 아니며 그럴 수도 없다고 생각했다. 옆에 있던 W가 입을 열었다. 그는 시인의 영혼을 품고 있는 친구였다. "아니지, 나는 그런 굴욕감은 전혀 느껴 본 적이 없어. 이런 종류의 굴욕은." 그가 '그런'에서 '이런'으로 말을 바꾸는 순간, 나는 그가 간직한 기억의 원 안으로 들어갔다.

"사실 이런 식의 위협을 느낀 적은 없지." 나는 일명 '거시적 공격'을 받은 사건을 모두 세어 보기 시작했고, 스무 개쯤에서 그만뒀다고 말했다. 시기적으로 본다면 긴 인생에서 반 정도 지났을 뿐인데, 이미 스무 개나 되었다고 말이다.

나는 화염병을 던진 꼴이 되었다. 나는 남자들도 다 아는 얘기라 여겼기에 반쯤 웃으며 말한 것이었다. 당연히 다 안다고 생각했다. 그런데 그들은 충격받은 얼굴을 하고 있었다. 나도 모르게 여자들끼리 흔히 주고받는 대화에 그들을 끌어들인 셈이었다.

W가 예상치도 못한 침울한 한마디로 내 눈물샘을 건드렸다. 강한 척 사내 흉내를 내며 이야기를 들려주던 나는, 결국 눈물을 보이고 말았다. 그는 이렇게 말했다. "정말 그런 일을 당했었다니, 너무, 너무 미안해. 오, 이런. 전혀 몰랐어."

사랑하는 두 남자와 대화하다 보니 이런 얘기까지 나왔지만, 내가 했던 모든 말은 사실이었다. 아무렇지 않은 척하려다 보니, 허세와 유머가 뒤섞이긴 했다.

나는 남성과 여성 간의 침묵을 깨고 싶었다. 나는 "내가 왜 20킬로그램이 넘는 개를 데리고 돌아다닌다고 생각해?"라고 묻고 나서 말했다. "그래야 공평하니까."

며칠 뒤 신문을 가지러 대문 밖에 나갔더니, 윗동네에 사는 한 남자가 내게 인사를 건네러 다가왔다. 그는 수년 동안 이런 식으로 내게 접근했다. 덩치가 나보다 두 배는 되고 다정하면서도 고압적인 태도의 그는, 뼈가 으스러질 듯 달갑지 않은 포옹으로 인사하곤 했다. 나는 보통 머쓱한 미소로 몸을 움츠리며 그를 막아냈다. 하지만 오늘은 달랐다.

안 그래도 어린 남학생들이 학교 운동장에서 여학생의 몸을 만지며 '이제 트럼프가 우리 대통령이니, 이런 짓을 해도 된다'라고 말했다는 소식을 들은 참이었다. 평생 낯선 이와 미련퉁이들을 지겹도록 용서해 온 나는, 오늘만큼은 서슬이 퍼랬다. 그래서 그가 다가와 팔을 내밀었을 때 몸을 틀어 그를 정면으로 응시했고, 팔을 들어 그의 수작을 저지했다.

내 눈빛에서 뭔가를 읽은 그의 얼굴이 서늘하게 굳었다. 그는 절벽 앞에서 허둥대는 뻐꾸기 같았고, 말을 더듬거리며 악수를 청했다. 나는 그의 손을 잡고 텍사스 출신답게 힘껏 흔들었다. 그는 다른 한 손을 허공에 대고 허우적거렸다. 그가 당황한 듯 물었다. "포옹해도 될까요?"

나는 미소를 머금고 "아니요, 전 괜찮아요"라고 대답했고, 그걸로 해결됐다. 그는 으르렁거리는 소리를 알아먹고, 기가 죽은 개의 얼굴을 하고 있었다. 몸을 돌려 집에 들어오는 길, 엔도르핀이 마구마구 솟아나는 게 느껴졌다. 남자들이 그렇지 뭐, 라며 합리화하는 대신 저리 가라고 말하는 기분이 어떤지 알게 되었다.

모든 분노를 수치심과 절망으로 내면화하는 대신, 바깥으로 표출하는 기분. 칼은 휘두르라고 있는 것이지 삼키는 게 아니었다.

4

내게서 수학이 떠나간 이유

Bright Precious Thing:
A Memoir by Gail Caldwell

그때 그 수업에서, 아직 세상으로 나오기도 전에,
미처 다 배우지 못한 것들을 생각하면
여전히 조금 속상하다.

나는 애머릴로 너머의 세계를 향해 나아갔다. 수줍음 많고 멀 쑥했던 나는, 심한 가슴앓이도 해 봤고 계속 수학을 공부해 보겠 다는 꿈도 은근히 품고 있었다. 감사하게도 9학년 때 엄격하지만 열정적인 스프링어 선생님께 수학을 배웠다.

유방암으로 한쪽 가슴을 잃은 그녀는, 그걸 감추지 않았다. 큰 키와 마른 몸에 진지했던 그녀는, 몸에 달라붙는 스웨터를 입고 다녔고 덕분에 앙상한 비대칭이 더욱 도드라졌다.

스프링어 선생님의 당당함을 보고 있자면, 어딘가 모르게 숨이 멎을 듯했다. 마치 최악의 상황까지 가 본 사람이 아랑곳하지 않 고 학생들에게 이항정리 공식을 주입시키는 모습 같았다. 그녀는 두려운 게 없어 보였고, 그녀를 무서워하지 않고 잘 따르는 학생 들도 많았다.

그녀를 보면서 활을 더 잘 쏘기 위해 오른쪽 가슴을 없앴다는 신화 속 여전사 아마존을 언제부터 떠올렸는지 잘 모르겠고, 둘을 연관 짓긴 했었는지도 기억이 흐릿하다. 한 가지 확실히 기억나 는 건, 빨간 머리의 스프링어 선생님이 수학 공부는 물론 내가 자존감을 높이는 데도 매우 중요한 역할을 했다는 점이다.

그녀는 납작한 한쪽 가슴이 어떻게 보이든 말든, 신성한 분필을 들고 학생들을 가르쳤다. 열셋이던 나는 선생님을 우러러봤다. 내게서 수학에 대한 적성과 동경을 알아차린 선생님은, 언제나 다정하게 대해 주셨다.

어느 날에는 선생님이 못된 치어리더 아이들 틈에서 나만 따로 불러내 뭔가를 얘기하셨는데, 그날 이후 아이들은 더 이상 날 얕보지 않았다. 그때는 예쁜 치어리더가 되어 인기를 얻는 일보다 수학을 잘하는 게 더 중요하다는 선생님의 조언을 완전히 다 이해하진 못했다. 이제 막 사춘기에 접어든 나는 납작하던 가슴이 순식간에 봉긋이 솟아 있었고, 수학의 아름다움은 혼자만의 안식처에서 즐겼을 뿐 친구 관계와 연애까지 희생해 가며 매달리고 싶진 않았다.

그때 나는 한 가지를 선택해야 한다고 생각했다. 똑똑한 거랑 사랑에 빠지는 거랑 도대체 무슨 상관이 있단 말인가? 정녕 다항식과 비틀즈(Beatles)를 동시에 사랑할 수는 없었던 걸까?

스프링어 선생님의 꾸준한 지도 덕분에 내 수학 점수는 계속 상위권을 유지했고, 나는 1968년 대학에 진학하며 수학과를 선택하기에 이르렀다. 대학에 진학한 뒤 처음 두 해는 애머릴로에서 남쪽으로 두 시간 거리인 러벅(Lubbock)의 텍사스 공대에서 공부했는데, 첫 학기 대부분은 일주일에 다섯 번이나 들었던 미적분 수업에서 살아남기 위해 고군분투했다.

대략 50명 정도의 학생 중 단 네 명만이 여학생이었고, 그중 하나가 나였다. 우리는 마치 서로의 벗으로 오해받기 싫은 사람들처럼 첫날부터 넓은 교실에 멀리멀리 흩어져 앉았다.

굵고 쉰 목소리의 땅딸막한 교수님은 줄담배를 피워 댔다. 자신이 하루에 네 갑을 피운다고 밝힌 그는, 아름답고도 불가해한 고리와 곡선들로 칠판을 빼곡히 채워 갔다. 그는 칠판 앞에 서서 필기할 때마다 둔부 근육을 바짝 조이곤 했다. 수업 시간의 반 정도는 그것만 눈에 들어왔다.

그를 떠올릴 때마다 유독 신체 경련만 기억나는 이유는, 그가 감정이 없다고 느꼈기 때문일 것이다. 나는 그가 가르치는 내용을 전혀 이해하지 못했다. 대수학과 삼각법을 배울 때도 변덕스러웠던 내 학습 능력이 완전히 사라져 버린 것이었다. 살면서 처음으로 중간고사를 위해 몇 시간씩 공부해 봤는데도, 결과는 침울했다.

절반의 낙제생 중 여학생이 세 명이었는데, 교수님은 여학생들만 나무랐다. 여학생들은 그와 개별 면담을 해야 했고, 상담 끝에 그는 잔인하게 냉담한 태도로 수업에서 나갈 걸 권유했다.

그는 미적분이 여성과는 맞지 않다고 했다. 내 점수는 그걸 증명했다. 연말에는 결국 한 명의 여학생만이 수업에 남게 되었다. 나는 수치심과 안도감을 동시에 느끼며 이미 나와 버린 뒤였다.

좋다, 그래서 나는 무슨 말이 하고 싶은 걸까? 그때 내 계획이 변경된 게 전적으로 그 냉혈한 교수 탓이라고 말하려는 건 아니다. 내가 수학으로 빛을 볼 운명이었다면 그런 교수 정도는 이미 능가했을 것이다. 그리고 미적분 수업을 포기한 덕에 다른 길을 발견하기도 했다. 하지만 그때 그 수업에서, 아직 세상으로 나오기도 전에, 미처 다 배우지 못한 것들을 생각하면 여전히 조금 속상하다. 만일 예전 그 사람이랑 결혼했다면, 하는 후회와 비슷한 감정일 것이다.

그때 이후 뭘 하든 일이 잘 풀리지 않았다. 수학 과목에서 낙제한 것과 일이 잘 안 풀린 게 어떤 상관관계가 있었는지는 알 수 없다. 어쨌든, 미적분은 그렇게 나를 떠나갔다.

타일러가 우리 집에 찾아온 이후 차츰 인지력이 발달하는 게 보였다. 그녀는 이웃에 사는 벨지안 쉽도그 샤일로가 우리 튤라와 자매가 아니란 사실을 알게 됐고, 그 두 개가 내 딸이 아니란 사실도 알게 되었다. 샤일로를 데리고 다니는 피터와 팻이 상상 속에나 나올 법한 거대한 기숙사 같은 곳이 아닌 보통 주택에 산다는 것도 이해했다. 수 개월간 우리 집에 들락거리면서 이 집에는 나와 튤라만 산다는 것도 알게 되었다. 그녀의 표현을 빌리자면, 이 집 전체에 우리만 사는 게 맞지만 2층 방 하나는 타일러 방이 되었다.

타일러는 세상을 배워 가고 있다. 내리막을 걷듯 편안한 마음으로 이곳의 공간과 감정을 배워 가다가, 발을 헛디디기라도 하면 좌절한다. 그녀는 모르는 게 있을 때 잘 인정하지 않는다. 그녀가 어떤 단어를 안다고 고집을 피울 때 내가 의미를 알려 주려 하면, 그녀는 다른 곳을 보며 "별로 알고 싶지 않아요"라고 말한다. 그러고는 집으로 돌아가서 단어를 배워 온다. '터무니없다'라거나 '되는 대로'와 같은 예상치 못한 그녀의 어휘들에 넋을 놓게 된다.

나는 내가 그녀를 얼마나 사랑하는지 웬만해선 표현하지 않는다. 그랬다간 타일러가 코를 찡긋하며 튤라와 함께 뒷마당으로 내달리고 말 것이다. 하지만 그녀는 어른이 되면 흰 꼬리를 가진 황금색 암말인 팔로미노(palomino)를 갖고 싶다고 하면서, 이름을 게일이라고 지을 거라 말했다.

"그래서, 첫 번째 남자친구는 누구였어요?" 매주, 혹은 격주로

미지의 세계를 향해 한 발씩 내딛는 타일러를 보며 놀라곤 한다. 하지만 나는 항상 그녀의 눈높이에 알맞은 진실만을 밝히려 한다.

나는 네 살인가 다섯 살 때 좋아했던 마이크라는 소년에 대해 말해 줬다. 그러자 타일러는 내가 어린아이에게 농담하는 걸 곧장 알아채고 진짜 이야기를 해 달라고 조른다. 그래서 나는, 좋아, 내가 열세 살 때 누가 사귀자고 고백했었지, 라고 말해 줬다. 그녀는 "계속 말해 주세요"라고 하며 눈을 반짝인다. 흥미를 느낄 때마다 그녀가 응수하는 방식이다.

나는 "좋다고 했지. 그 친구가 목에 걸고 있던 성 크리스토퍼 메달[12] 색깔이 마음에 들었거든"이라고 대답했다. "남자아이랑 사귀게 되면, 성 크리스토퍼 메달을 걸고 다녀야 해. 그 친구 메달은 검붉은색이었어. 그런데 마을 영화관에 갔을 때 그 아이가 나한테 뽀뽀를 하더라고. 그래서 바로 헤어져 버렸지." 내가 말을 마치자 그녀는 뭔가 이해한 듯 코를 찡긋했고, 우리 둘은 깔깔거리며 배를 잡고 웃어 댔다.

---

12 여행자들의 수호성인인 성 크리스토퍼(St. Christopher)의 그림이 그려진 메달이다.

반짝거리고 소중한 것들

5

후회스럽고 가슴 아픈 기억

Bright Precious Thing:
A Memoir by Gail Caldwell

여성을 존중할 줄 모르고
술만 좋아하고 철없는 놈을 만난 게
너무나도 후회스럽다.

러벅에서의 내 생활은 수학만 좇던 시절보다는 유연하면서도 위험했다. 내 주변에는 남자친구들이 많았고, 나는 기숙사 친구들과 로데오[13] 구경을 갔다가 만난 매력적인 남자들과 둘러앉아 커피를 마시곤 했다. 두 해가 지났을 무렵엔, 포니테일 머리를 하고 야마하 오토바이를 타고 다니던 히피족 남자친구를 만났다.

그를 만나기 전엔 풀밭을 돌아다니는 스컹크 같은 놈들을 몇몇 만나기도 했다. 첫 번째 남자친구는 룸메이트의 남자친구를 만나러 따라갔다가 한 카페에서 만난 대학원생이었는데, 그가 내게 관심을 보이자 나는 넘어가고 말았다. 나는 열일곱이었고, 나보다 몇 살 더 많았던 그는 영문학을 전공하는 잘생긴 남자였다.

텍사스의 카우보이들과 텍사스 공대 캠퍼스를 휘젓고 다니는 경영학과 학생들만 보던 내게, 그는 이국적인 존재였다. 데이트를 마친 그는 기숙사 주차장의 어두운 구석으로 차를 몰고 가더니, 갑자기 조수석으로 몸을 돌려 두 손으로 내 양쪽 가슴을 쥐었다.

---

13 특히 미국에서, 카우보이들이 사나운 말 타기·올가미 던지기 등의 솜씨를 겨루는 대회를 말한다.

그는 마치 엄마를 찾아 헤매는 눈먼 송아지 같았다. 순간 나는 당황했다. 젊은 날의 기억 중 가장 에로틱하지 않은 기억으로 남은 장면인데, 그 와중에도 그는 정말 등신 같았다. 나는 그를 밀어내고 차에서 내렸다. 이날의 기억은 정말이지, 지금 떠올려도 눈이 돌아간다.

나는 운이 참 없었는지, 이후에도 한 철없는 놈을 만나게 되었다. 일단 그를 J라고 부르겠다. 나는 첫 남자친구를 잊겠다는 명목으로 J와 하룻밤을 보내는 실수를 저지르고 말았다.

1960년대 후반, 미국은 바야흐로 성 혁명이 한창이었지만 팬핸들은 버클리만큼은 아니었기에 비교적 순진했던 나는 헤드라인을 장식할 정도에 미치지도 못했다. 고등학생 때 남자친구랑만 관계를 해 봤던 내가, 2년 후 연인과 이별하고 나서 시야를 넓히리라 냉정하게 마음을 먹은 것이었다.

내가 고른 녀석은 잘생기고 말 많고 재미도 있었지만, 별로 특별할 것도 없었다. 여름 방학이 되어 집에서 지내려고 애머릴로에 간 나는 마약을 배웠고, 섹스보다 마약이 시야를 넓히는 데 훨씬 더 도움이 된다는 걸 알았다.

그해 가을, 한 해 남은 공부를 마치기 위해 러벅으로 돌아온 나는 캠퍼스 외부에 사는 친구 집에 갔다가 우연히 J를 다시 만나게

반짝거리고 소중한 것들

되었다. 그는 술에 잔뜩 취해 있었고, 나는 술 대신 아카풀코 골드(멕시코산 마리화나)를 잔뜩 피우고 들판에 드러누워 별만 바라보고 살면 좋겠다고 느낄 만큼 멍한 상태였다.

J가 잠깐 드라이브를 하며 얘기를 나누자고 했다. 방학 전에 그가 접근해 오는 걸 묵살했던 터라 미안한 마음에 그러자고 했다. 그가 다시 시작해 보자고 날 설득할 거라 예상했다. 딱 한 번만 얘기를 나누고, 그걸로 끝내면 되겠다고 생각했다.

하지만 차에 올라탄 J는 입을 꾹 닫더니 어디로 가는지도 말해 주지 않았다. 우리가 탄 차는 작고 어두운 집 앞에 도착했고, 그는 여기가 친구 집인데 재킷을 두고 왔노라고 했다. 잠깐이면 된다는 그의 말에 안심하고 차에서 내려 그를 따라 집으로 들어갔다. 아무것도 모르고 도살장으로 걸어 들어간 것이다.

내가 '데이트 강간'이라는 말을 들어 보기 수십 년 전의 일이었다. 그 말을 듣는 순간 '이런, J가 내게 한 짓이로군' 하고 생각했던 기억이 난다. 그는 방 안에 들어가자마자 나를 침대로 밀쳤고, 내 뺨을 때렸던 것 같고, 그다음 강간했다. 그의 폭력은 비인격적이고 기계적인 것이었다.

나는 아직도 그때의 완전한 정적이 느껴진다. 나의 표면과 내면은 모두 동상처럼 굳었다. 그저 천장을 응시하며 '오 이런, 왜 이렇게 멍하지. 너무 끔찍해. 완전히 맛이 갔어'라고 생각했던 기억이 난다. 몸에서 뿜어져 나오는 공포감과 두려움보다는 화에 가까운 감정이 온통 나를 휘감았지만, 표면상으로는 쿨한 고객처럼 가만히 누워 있었다.

J가 떨어져 나가고 나는 주섬주섬 옷매무새를 다듬었다. 차를 타러 집에서 나오며 나는 아무것도, 아무 말도 하지 않았다. 그는 단지 순간적인 분노를 풀었던 것이었을까. 차에 올라탄 그는, 내 친구가 기다리는 곳으로 데려다주겠다고 조용히 말했다.

운전을 하다 말고 또 뭐가 분했는지 다시 돌변했다. 그는 차를 타고 가면서 고함을 치고 계기판을 사정없이 두드렸다. 나를 향해 개 같은 년이라느니 창녀라느니 욕이란 욕은 다 퍼부었다.

나는 차를 타고 오는 내내 문손잡이를 꼭 쥐고 놓지 못했다. 그는 아파트 단지에 들어서자 방향을 홱 틀고는 브레이크를 밟았다. 나는 차에서 내려 뒤로 빙 돌아 창문이 열린 운전석 쪽으로 걸어갔다. 목소리가 떨리고 있었다. "이런 개 같은…" 말을 다 마치기도 전에 J가 차 문을 열고 내리더니 나를 아파트 벽으로 밀어붙였다. 그는 손등으로 찰싹, 내 얼굴을 후리고는 차에 올라타 가 버렸다. 얼굴에 든 멍이 일주일이나 갔다.

이토록 오래전 일들을 나는 어떤 느낌으로 기억하고 있는 걸까? 나를 업신여겼던 그의 태도, 분노 그리고 나의 잘못된 판단에 대한 후회가 떠오른다. 누군가와 잤다는 사실이 아니라, 여성을 존중할 줄 모르고 술만 좋아하고 철없는 놈을 만난 게 너무나도 후회스럽다. 관계를 맺은 적이 있다는 이유만으로, 잘 알지도 못하는 놈을 따라 바보같이 위험한 상황으로 걸어 들어간 건 내 불찰이었다. 그는 결국 폭력적인 낙오자에 불과했다.

이런 경험 덕에 이후 수년 동안은 어떤 상처도 입지 않아서 다행이라 여겼다. 분노를 표출했기에, 성폭행 이후에 겪는 전형적인 내면의 트라우마를 피할 수 있었다.

하지만 미묘한 움직임이 일어났다. 조금씩 부식되어간 믿음은 경계심으로 자리 잡았고, 차가운 회의와 냉소는 뚫을 수 없는 얼음장이 되어 버렸다. 수십 년에 걸쳐 흘러넘친 감정이 어떤 문화적 규범처럼 측정 불가한 방식으로 나를 빚은 것이었다.

'누구한테 말은 해 봤어? 왜 말을 안 했어, 경찰을 부르지 그랬어, 왜 신고를 안 했어?' 이 글을 쓰는 나도 읽는 당신도, 왜 이런 생각을 해 보지 않았겠는가.

이제 와 생각하면, 누구에게든 나를 지켜 달라고 말하지 못했다는 사실에 가슴이 아프다.

한 여성이 수십 년 전 비행기 옆자리에 앉았던 트럼프가 온몸을 더듬었다고 밝혔을 때, 술집에서 만난 트럼프가 치마 속으로 손을 집어넣었다고 누군가 폭로했을 때, 트럼프가 탈의실에 갑자기 들어왔다거나 벽으로 밀치며 추행했다고 다수의 여성과 소녀들이 털어놨을 때, 나는 생각했다.

그랬겠지, 당연히 누구에게도 말할 수 없었겠지. 우리가 그런 걸 말하는 일은 정말 드물지. 말했더라도 되돌아오는 답변은 이랬겠지. "남자들이 원래 그렇잖아." 그러니 나도, 절대로 누군가에게 말할 생각을 하지 않았다. 그 일 때문에 그놈이 진짜 싫다고는 말할 수 있었겠지만, 한동안은 그날 밤 일을 잊으려고 애쓰고 나서 더 이상 생각하지 않은 게 전부다. 기억에서 벗어나는 법은 열 가지도 넘었고, 나는 할 수 있는 모든 방법을 시도했다.

마리화나를 잔뜩 피운다든지, 여성을 아낄 줄 알고 날 웃겨 주는 히피족 남자친구를 만들어 삶의 다음 단계를 그려 본다든지, 하는 식으로 말이다. 혁명처럼 보이는 곳으로 넘어갈 태세를 갖추고 나니, 그 철없는 녀석을 업신여기는 게 별 것도 아니었다.

나는 엄마가 죄악의 소굴이라 부르는 곳을 향해 갔다. 반체제의 온상인 오스틴으로 말이다. 그렇게 J의 데이트 강간은 내가 도망쳐 나온 마초 문화의 일부로 남게 되었다. 텅 빈 평지와 너저분한 남자들은 내가 떠나 온 과거의 이미지로 고스란히 남았다.

6

페미니스트가 되었다

Bright Precious Thing:
A Memoir by Gail Caldwell

나는 그동안 밀어붙이고 방어하는
평범한 삶을 살아오면서 교육을 받았고,
자급자족하는 페미니스트가 되었다.

2016년, 케임브리지

선거가 끝나고 2주 뒤, 사람들이 길거리로 나오기 시작했다. 늦은 밤 마당의 낙엽을 쓸고 있으니 옆집 사는 짐이 내다보며 물었다. "혼자 조용히 있고 싶어서 이 어두운 밤중에 낙엽을 그러모으는 중이지요?" 우리는 같이 웃음을 터뜨렸고, 똑같이 잠 못 이루는 상대의 심정을 위안으로 삼았다.

길 건너 사람들이 우리 집 앞에 하나둘 모였다. 우리가 이 집단적인 절망감에 대처하는 데 사용하는 도구는, 유머와 신경안정제 그리고 조직적인 행동이다. 1월이 되면 여성들이 워싱턴에 모여 행진할 것이다. 그다음에는 보스턴에서 수백만의 군중이 떼를 지어 가두행진을 벌일 것이다.

나는 역사적으로 진보적이고 민주당이 우세한 주에 살고 있다. 대학촌인 이곳 사람들은 자기인식 수준이 아주 점잖다 못해 너무 세련돼서 우쭐한 수준에 이르렀다. 그래서 '케임브리지 인민공화국'이라 불릴 자격이 있지만, 그 별칭에는 경멸조가 내포돼 있기도 하다.

나는 태어나서 19년 동안, 신앙심이 깊은 보수 백인들이 사는 바이블 벨트 한가운데서 성장했다. 고향에 갈 때마다 다시 토박이가 되어 보호색으로 위장한 도마뱀처럼 색을 바꾸고, 우파의 정치적 사상이나 거듭난 기독교인들의 생각과 감정을 듣는 법을 배웠다. 내겐 중요했다.

고향 사람들과 소통할 수 있었고 중남부 사람들의 특징을 이해한다고 느꼈기 때문이다. 내 생각이 틀렸을지도 모른다. 아마 나는 아무것도 이해하지 못했을 수도 있다. 하지만 그들의 생각을 확인하려는 노력 덕에 내 마음이 열렸다.

나는 북동부에 거주하던 수십 년 동안, 쌍안경을 끼고는 그들을 이해하고 감정적으로 다가가려고 시도했다. 그렇지 않았다면 그들을 마음대로 판단하고 구분지어 버렸을 것이다.

그런데 지금 이곳은 완전히 딴 세상이다. 모두 웃음기를 잃었고, 동의하든 반대하든 온화한 태도로 논쟁을 벌이려는 시도조차 하지 않는다.

수년간 알고 지낸 주치의와 오래전에 잡은 약속 날짜가 다가왔다. 나는 사전 방문 검사지를 작성하며, 매년 행하는 기본 우울증 검사를 새로운 방식으로 비꼬아 적었다.

아래 중 해당하는 사항에 표시하세요.

□ 최근 2주간 불안이나 절망감을 느낀 적이 있습니까?

□ 수면에 어려움이 있습니까?

□ 평소 하던 취미 생활이나 일상 활동에 문제가 있습니까?

체크, 체크, 체크. 나는 각 항목 옆에다 작은 별표를 치고는 '선거 이후'라고 한마디 더 남겼다.

주치의인 레이니어가 내가 쓴 걸 보고 웃더니, "요즘 모두가 다 그래요"라고 말했다. 그는 내가 평소에 건강한 편이라는 사실과 나의 유전자 구성이 꽤 단순하다는 걸 잘 알고 있다. 우리 집안에서 태어나 알코올중독과 자살을 피한 사람은 오래 살 공산이 크다. 나의 문제는 기형적이며, 의사의 말에 따르면 약간의 우울증이라고 한다.

나는 비타민-Z 격인 졸로프트[14]를 먹어 어두운 지하실로 내려가는 문을 봉하고, 개들에 둘러싸여 시간을 보내며, 유아기에 앓았던 소아마비 후유증과 관절염을 모면하기 위해 걷고, 로잉과 수

---

14 Zoloft. 우울증 치료제 이름이다.

영도 한다.

나는 절뚝거리거나 우울하지만 않으면 비교적 상태가 좋은 편이다. 예를 들자면, 로이 삼촌처럼 일곱 장의 유서를 남긴 후 가스오븐에 머리를 처박고 자살할 인물이 못 된다. 나는 충격 요법을 받은 적도 없고, 형편없는 결혼 생활을 네 번씩이나 하며 괴로워하지도 않았으며, 파산도 안 했고, 제1차 세계대전의 염소가스도 피했다.

이 모든 건 내 부모님의 양쪽 집안 유전자를 가진 친척들이 겪은 일이다. 그러니 확률적으로 봤을 때 나는 아주 잘 살아가고 있는 편이다. 내가 마지막으로 술을 입에 댄 게 벌써 30년도 넘었다. 이건 정말 획기적인 사건이다.

이제는 이렇게 생각해도 될 것 같다. 나는 그동안 밀어붙이고 방어하는 평범한 삶을 살아오면서 교육을 받았고, 자급자족하는 페미니스트가 되었다. 민주당원으로서 자유민주적인 대의를 위해 돈을 내고, 세 종류의 신문을 구독하며, 누군가에게 괴롭힘을 당할 걱정 따위도 하지 않는다.

그렇게 수백만 명의 내가 모여 도널드 트럼프에게는 최악의 악몽 같은 존재가 되었다.

반짝거리고 소중한 것들

타일러는 아직 다 깨우치진 못했어도 글을 읽는 법을 배우고 있다. 그녀가 우리 집 전화기로 엄마한테 전화할 때 보면, 키패드에 적힌 숫자와 글을 곧잘 소리 내어 읽는다.

어느 날은 타일러가 전화를 끊을 때 '종료' 버튼을 누르며 큰 소리로 읽기에, 내가 "글을 읽을 수 있네!"라고 말했다. 그러자 타일러는 "내가요?" 하고 되물었다. 마치 내가 '날 수 있네?'라고 말하기라도 한 듯 놀란 표정이었다.

타일러는 아직 자기가 뭘 알고 뭘 모르는지 이해하는 신비로운 단계로 접어들진 않았다. 그래서 글을 읽는 능력은 훗날 미지의 영역에 속해 있다. 하지만 자신이 방금 뭔가를 읽었다는 사실이 강력한 마력이 되고, 앞으로 펼쳐질 나날들을 암시해 준다. 오늘, '종료'를 읽었다. 내일은, 프루스트[15]를 읽겠지.

나는 엄마에게 물려받은 로열 수동 타자기를 타일러에게 보여 주며 타자 치는 법을 알려 줬다. 1940년대에 만들어진 이 15킬로그램짜리 쇳덩어리로 우리 엄마는 수년간 돈을 벌었다고 했다.

나는 열넷인가 열다섯이 되었을 때 타자기 사용법을 배웠는데,

---

15 마르셀 프루스트(Marcel Proust). 《잃어버린 시간을 찾아서》를 쓴 프랑스의 소설가로, 공쿠르상을 받았다.

잉크 향과 캐리지[16]가 '딩동' 하는 소리를 들으면 시간 여행을 하는 기분이 든다. 몇 세대에 걸쳐 수많은 사람이 이 기계를 두드려 왔다는 사실을 떠올리면 기분이 좋다.

타일러는 타자기 앞에 앉더니, 심각한 고민에 빠진 작가라도 된 듯 손으로 턱을 괴고 멍하니 허공을 응시했다. 그러고는 마음대로, 그리고 과감하게 타자를 두드린다. 대부분 알 수 없는 철자들의 조합이지만, 가끔 '튤라', '타일러' 같은 단어를 만들어 냈다. 그녀가 "샤일로'는 어떻게 써요?"라고 물었고, 나는 그제야 타일러가 진지한 태도로 임하고 있음을 알아차렸다.

어느 날은 타일러가 완전한 문장을 완성했다. '타일러가 게일과 튤라를 만나러 갑니다.' 그러고는 캐리지에서 종이를 뜯어내내게 건네며 말했다. "이제 절대로 날 잊지 못할 거예요!"

인식과 언어의 도약, 이 모든 과정은 빠르게 일어난다. 언젠가 내가 쓴 책을 발견한 타일러가 뒤표지에 나온 내 사진을 보고는 놀란 눈으로 날 쳐다봤다. "이 많은 단어를 혼자 다 쓴 거예요?"

그녀는 글을 읽고 쓰는 세계에 놓인 진실을 언뜻 본 듯한 눈빛을 하고 있었다. 언어로 가득한 보물 상자가 존재한다는 진실, 그

---

16 타자기 등의 기계에서 행을 바꾸기 위해 되돌리는 부분이다.

리고 한 사람이 하고픈 말이 이렇게나 많을 수 있다는 걸 말이다.

이후 몇 달간, 타일러는 커서 작가가 되겠다고 말했다. 그녀는 자신이 등장하는 그 책이 언제 나오냐고 자주 묻고는, 내게 대답할 기회도 주지 않고 자기가 어떤 책 혹은 책들을 쓸 건지 얘기했다. 한 번에 여러 책을 쓰기라도 하는 것처럼 말이다.

우리는 '공동 편집 회의'라고 이름 붙인 대화를 시작했다. 타일러의 이야기는 판타지로 갔다가 현실로 돌아오고, 정신없이 돌아다닌다. 우리는 거실에 누워 이야기를 만들어 냈다. 나는 아주 어릴 적 좋아했던 《피글위글 아줌마(Mrs. Piggle-Wiggle)》에서 아이들이 지붕 위를 걸어 다니던 장면을 떠올렸다. 하지만 대부분 듣기만 한다. 타일러가 생각나는 대로 지어내는 줄거리는 미로처럼 꼬여있어서, 나는 때때로 그녀의 말을 멈춰 세우고 질문을 던지거나 줄거리를 제안했다.

이번 주 타일러는 어린 소녀 카일라와 그녀의 불행한 가족 이야기를 들려줬는데, 주인공들이 자동차 사고가 나고 목발을 짚고 다니다가 다른 집에서 자는 등 다양한 요소가 섞여 있었다. 그러다 결국 허구의 이야기를 지어내며 줄거리를 이어가는 데 지친 타일러가 벌떡 일어서더니, 손을 쭉 뻗어 이야기의 방향을 바로 잡았다. "그리고 시간이 많이 흘러요."

그렇게 무대가 바뀌더니, 친구 집에서 자고 왔던 카일라의 남동생은 눈 깜짝할 새에 아빠가 되어 있었다. "그런데 카일라는 어떻게 되었을까?" 내가 물었다.

나는 정말 궁금하기도 했지만, 줄거리 구상을 마무리 짓는 법을 타일러에게 은근히 알려 주려고 했다. 작가가 되고 싶다면, 자신이 지어낸 모든 이야기가 회천초처럼 굴러다니다 한곳에서 만나도록 하는 법을 알아야 하니까 말이다.

"카일라는 혼자 살죠"라고 타일러가 대답했다. "농장에서 동물들도 많이 키워요. 염소랑 양이랑 말 세 마리, 닭, 셰퍼드 그리고 보더콜리도 두 마리나 있어요. 애플파이를 구워서 먹고 싶을 때마다 먹지요. 집 안에는 공원만큼 거대한 수영장도 있어요! 눈이 펑펑 내리는 밤에도 거기서 수영할 수 있죠."

"그녀는 평화롭고 고요한 집에서 끝내주게 멋진 인생을 살았어요."

7

그럼에도 반짝이고
소중한 젊은 날

Bright Precious Thing:
A Memoir by Gail Caldwell

여성운동은
어디서도 찾을 수 없었던 나 자신을 찾게 해 줬다.
나는 여성운동이 빠진 나의 삶을 상상하고 싶지 않다.

1970년, 오스틴

라틴어 수업을 들으러 가던 어느 날 아침, 잔디밭 위에 떨어져 있는 7달러를 발견했다. 돈을 보자 마음이 흔들린 나는 슬쩍 가서 돈을 주웠다.

2주 뒤로 예정된 불법 낙태 시술을 위해 돈이 필요했다. 열아홉이던 나는 임신 6주차에 접어들었고, 애인은 없었으며, 전 남자친구와 함께 160달러에 시술을 받을 수 있는 멕시코로 갈 계획을 세운 터였다.

우리는 비용을 절반씩 내기로 합의했다. 나는 내 몫의 비용을 모으기 위해, 점심을 걸렀고 학기 말 리포트를 대신 써 주며 10달러씩을 받았다. 이제 7달러를 주웠으니 내 몫의 반 정도가 모였다.

오스틴으로 온 지 몇 달 지나지 않아 큰 키에 다정한 목소리를 가진 동기를 만났다. 그는 소르본 대학에서 프랑스 문학을 전공하다 이제 막 돌아온 터였다.

우리는 함께 마리화나를 피우고 주 의회 의사당 정원에 앉아 음악을 듣거나 제국주의를 타파하자는 연설을 듣곤 했다. 그러다 해가 지면 그의 자취방으로 가서 무디 블루스(Moody Blues) 음악에 흠뻑 취해 부드럽지만 별로 재미없는 사랑을 나눴다.

그는 내게 사르트르(Sartre)의 작품을 소개해 줬다. 가끔은 섹스 중에 프랑스어로 속삭여서 나를 흥분시키긴 했는데, 그것도 그때뿐이었다.

그는 온화하면서도 상대를 지배하려는 스타일이었고, 나는 그 두 가지 조합이 얼마나 치명적인 건지를 이내 깨달았다.

그 이후로도 불운한 관계를 숱하게 가져 봤지만, 온화한 교도관을 상대하며 감옥살이하는 느낌을 주는 연애는 나와 맞지 않았다. 몇 달을 만나다 우리는 각자의 뜰을 찾아 나섰다.

그는 얌전하고 예쁘장한 얼굴에 양 갈래로 머리를 길게 땋은 히피걸에게 갔고, 나는 처음으로 여성해방운동 집회에 나가기 시작했다.

그런데 헤어지고 몇 주 뒤, 생리할 때가 되었는데도 나를 안심시켜 줄 선명하고 붉은 핏빛이 비치지 않았다. 당시 우리는 '그날이 늦네'라는 식으로 말하곤 했는데, 대학생이던 한 젊은 여성에게 그 짧은 문장만큼 두려운 게 또 있었을까.

불안하긴 해도 젊은 여성들 앞에는 촉망되는 미래가 펼쳐져 있었고, 우리 어머니들 세대가 임신 때문에 마지못해 했던 결혼보다

반짝거리고 소중한 것들

는 분명 나은 대안이었다.

'그날이 늦네'라는 말은 여성에게 징병 선발 합격 통지나 다름 없었다. 징집 영장을 받는 순간 당신의 미래가 모습을 드러내고, 병원에서 입술을 꾹 다문 심사원에게 임신 테스트를 받는 순간 미래가 정해졌다.

임신 중절 권리[17]를 인정받기 3년 전이었으므로, 눈부시게 반짝이는 청춘의 어느 날 생리가 터지지 않으면 그다음 선택지는 가혹했다.

미성년자인데 엄마가 되거나, 임신 기간을 버텼다가 아이가 태어나면 입양을 보내거나, 그것도 아니면 찾기도 어려운 불법 의학 시술에 운명을 맡겨야 했다.

피임약도 최선의 방법은 아니었다. 한 해 전 여름, 애머릴로에 갔을 때 친구들이 알려 준 방법으로 피임약 처방을 받은 적이 있다. 우선 친구들이 말한 의사와 예약을 잡았다. 예약 상담원에게는 '가족 계획' 때문이라고 말했다. 그러고는 마트에 가서 가짜 약혼반지를 샀다.

드디어 의사를 만나는 날, 나는 반지를 낀 다음 스타킹에 힐까

17 로 대 웨이드 재판(Roe v. Wade)은 1973년 임신 중절 권리를 인정한 미국 최고 재판소의 판례다.

지 신고는 의원으로 걸어 들어갔다. 검사 따위는 없을 걸 알고 있었다. 나는 침울한 표정을 한 의사 맞은편에 앉아 상상 속 약혼자에 대해 말하며 목소리를 떨었다.

의사가 내 말을 믿지 않는다는 걸 알았고, 그게 별로 중요하지도 않았다. 입을 꾹 다문 의사는 처방전을 내어 주며 내 눈을 쳐다보지 않았다. 그가 불편해하는 모습에 당황한 나는, 어색한 분위기를 메꾸려 더 과하게 감사를 표시했다.

초기 피임약은 이후의 피임약보다 에스트로겐 성분이 세 배나 강했다. 나는 약을 먹기 시작한 첫 주에 매일 아침마다 게워냈고, 몸무게가 한 달 만에 4킬로그램이나 불었다.

오스틴으로 이사해 프랑스 문학도와 연애를 시작할 쯤에는 결국 피임약을 포기했으며, 나 자신을 보호하기 위해서는 콘돔에 의지하거나 섹스를 거절하는 게 전부였다. 그리고 생리가 늦어져 모든 게 변해 버리기 전, 피임법을 상담하고자 대학교 건강증진센터에 예약을 잡아 두었다.

전 남자친구는, 임신 사실을 알리자 본심을 드러냈다. 물론 그와는 이미 끝난 관계였고, 큰 기대도 하지 않았다. 초조한 얼굴의 그는 죄책감을 느끼는 듯 보였다.

내가 전염병을 옮기기라도 한 것처럼, 번거로운 일을 치르게 된 사람의 표정을 하고 있었다. 부유한 집안 출신이었던 그는, 내가 원하는 게 낙태 시술 비용의 절반뿐이라고 말하자 안도감을 감추려 들지도 않았다.

캠퍼스 외부 기숙사에 살던 나의 룸메이트는 커스틴이라는 상냥한 친구였다.

어느 날 아침 눈을 뜬 내가 가슴이 조금 부푼 느낌에 '오 이런, 안 돼'라고 생각하는 찰나, 곧 메스꺼움이 올라오기 시작했다. 커스틴은 내가 아침을 먹기 전 화장실에서 게워내는 소리를 들었고, 나는 그녀에게 임신 사실을 털어났다.

걱정하던 그녀는 위태로운 내 상황을 간단명료하고 합리적으로 판단했으며, 무엇을 해야 하는지도 알고 있었다. 커스틴은 남자친구 크리스에게 전화를 걸었다. 그는 작년에 전 여자친구와 이 모든 걸 겪어 본 인물이었다. 크리스는 스페인어를 유창하게 구사했으며, 다정하고 사려 깊은 남자였다.

바로 행동을 취했다. 그는 멕시코 레이노사(Reynosa)에 한 여의사가 있는데, 나 같은 미국 여자애들에게 낙태 시술을 해 준 돈으로 병원을 운영하고 있다고 알려 줬다. 은밀한 장소에서 옷걸이 같은 걸 집어넣어 시술하는 미국의 불법적인 시술 방법과는 다르다고 말이다.

크리스는 바로 전화를 걸어 날짜를 잡았고, 이틀 뒤 우리는 멕시코로 향했다.

오스틴에서 차로 다섯 시간 정도 걸리는 레이노사는 멕시코 북부의 국경 마을이다. 그때만 해도 작은 시장과 길거리의 몇몇 카페가 전부인 조용한 곳이었다. 커스틴과 크리스가 나를 태워 가기로 했고, 내가 미국 병원에 가야 할 일이 생길지도 모르니 당일에 바로 돌아오기로 계획을 세웠다.

순종적이고도 냉정했던 전 남자친구는 내가 그다지 원치 않았는데도 꼭 같이 가길 고집했고, 나는 논쟁을 벌이는 게 지겹기도 하고 두렵기도 해서 그냥 두었다.

그렇게 넷이 탄 차 안에는 매서운 침묵만이 감돌았다. 그때 내가 느꼈던 두려움은, 지금 다시 얘기를 꺼내면서도 느껴질 만큼 매서웠다. 냉랭한 무감각에 둘러싸인 나는, 시간이 어떻게 지나간지도 모를 만큼 넋이 나가 있었다.

마음을 단단히 먹고 눈물을 내보이지도 않았다. 가장 먼저 떠오르는 기억은 남쪽으로 달리며 지나온 도로의 적막감이다. 뒷좌석에 앉아 있던 나는 대부분의 시간을 창밖만 바라보고 있었다.

의원 대기실은 환자들로 가득했다. 미국인은 우리뿐이었고,

다른 환자들은 우리가 왜 여기 와 있는지 아는 게 분명했다. 몇몇 환자는 나를 쳐다보다 고개를 돌리곤 했는데, 나를 비난하기보다는 슬퍼하는 것처럼 보였다. 나는 아직 어렸기에 자기중심적으로 생각했다. 이 사람들이 바쁜 와중에도 젊은 미국 여성에게 아주 많은 관심이 있다고 추측하면서 말이다.

우리는 오랜 기다림 끝에 지친 기색이 역력하면서도 정중한 40대 여의사를 만나러 들어갔다. 크리스가 의사의 설명을 통역해 줬다. 의사는 항생제와 수술 전 마취제로 보이는 근육 이완제를 처방해 주며, 어디로 가야 약을 받을 수 있는지 알려 줬다. 그러고는 두 시간 후에 다시 오라고 말했다.

우리는 광장을 가로질러 약국을 찾아갔다. 약국 카운터 뒤에 선 남자가 약이 든 봉지를 건네며 씩 웃는데, 기분이 썩 좋지 않았다. 그리고 나는 조금 놀랐다.

당시 멕시코 약국은 규제가 약해서, 사람들이 각성제와 정신 안정제를 아스피린 사듯 쉽게 구했기 때문이다. 나는 받은 알약을 목구멍으로 넘기기 위해 콜라를 한 병 샀고, 남은 시간을 보내려고 다 같이 노천카페로 향했다.

그러고는 곧바로 약효가 났다. 내가 기억하는 건, 몇 시간이 지난 뒤의 한 장면뿐이다. 병원 침대에 누워 있었는데, 전구가 하나

달린 말끔한 수술 대기실이었다.

모퉁이에 섰던 여의사가 열대여섯 정도 돼 보이는 여자아이를 부르더니 내 옆에 서 있으라고 말했다. 그녀는 아주 예쁜 얼굴에 커다란 눈을 가지고 있었다.

내가 그녀의 손을 잡으며 의사의 딸이냐고 묻기 위해 스페인어로 "딸?"이라고 묻자, 그녀는 미소를 지으며 고개를 끄덕여 보였다. 그다음에는 아무런 기억이 없다.

우리는 몇 시간 뒤 의원을 나왔다. 날은 어두웠고, 나는 뒷좌석에 누워 잠들었다. 국경 검문소에 다다르자, 커스틴이 나를 쿡쿡 찔러 깨웠다. 검문 요원들이 우리가 탄 차를 갓길에 세우고는 문을 활짝 열었다. 그들은 내게 차에서 내리라고 한 뒤 검문소 안의 방으로 데려갔다. 나는 여자 요원에게 알몸 수색을 당했다.

반쯤 잠들어 있던 나는, 기운이 없고 균형도 잘 잡지 못해서 수색을 당하는 동안 넘어지지 않기 위해 벽을 짚고 있어야 했다. 나는 여전히 하혈 중이었다.

검문소 요원들은 내게 아무런 질문도 하지 않았다. 다만 그들이 스페인어로 대화할 때 나를 조롱하는 얘기쯤은 알아들을 수 있었다. 그들은 나를 노리고 있었다. 낮에 그 약사가 미리 언질을 준 것이었다.

반짝거리고 소중한 것들

검문 요원들은 내게서 진통제를 압수했고 그제야 우리를 보내 줬다. 나는 마취제에 취한 탓에 그 순간 내게 어떤 일이 일어나고 있는지 크게 신경 쓰지도 못했을 뿐더러, 이후에도 크게 분노하지 않았다. 그 경험은 1970년에 성욕이 왕성했던 젊은 여성들이 무수히 당했던 치욕 중 하나에 불과했다.

우리는 한밤중이 되어서야 오스틴에 도착했고, 나는 열 시간을 내리 잤다. 다음 날에는 임신 사실을 확인했던 학생 건강증진센터에 검사를 받으러 갔다. 나를 봐 준 담당자는 40대의 차분한 남자 의사였다. 검사를 마친 그가 책상을 둘러 내게 오더니 어깨를 토닥거리며 말했다. "누가 했든지 간에, 정말 잘했네요."

검사를 마친 나는, 캠퍼스 바로 옆 19번가에 있는 나이트호크 레스토랑으로 걸어가 안락한 가죽 의자에 앉아 맛있는 음식을 먹으며 편안함을 느꼈다. 혼자 너른 자리를 차지하고 앉아 라떼 한 잔과 콜라 한 병, 그리고 미식축구 선수라도 배불리 먹을 만큼의 치킨 요리를 주문했다.

식사를 마친 나는 거리로 나와 뜨겁게 내리쬐는 텍사스 햇살 아래서, 더할 나위 없는 내 자리에 섰다. 그러자 반짝이고도 소중한 내 삶을 향한 감사함에 눈물이 차올랐다. 몇 주 뒤에는 자궁 내 피임장치를 할 만큼 건강을 회복했다.

이듬해 봄, 나는 처음 발을 들여놓았던 여성해방운동 집회 여기저기를 찾아다녔다. 여성해방운동은 서구 세계를 간신히 현대로 끌어오게 해 준 일종의 지질 구조상 변화였다.

나는 특권층의 백인 여성이었다. 미국 중산층 출신으로, 무엇보다도 대학 교육을 받기 시작한 세대였다. 하지만 나조차도, 여성은 소유물이고 성적으로 부정한 존재라 여기는 사회적 학대로부터 자유롭지 못했다.

열아홉, 선의와 평균 이상의 지능을 겸비한 나는 평범하게 권리를 누리며 살았다. 평범하게 살아온 삶의 일부는 이랬다.

대학에 들어가자마자 (미적분) 교수의 편견을 마주했고 직장 내 성희롱을 당했다(애머릴로에서 여름 인턴을 할 때, 상사가 밤을 함께 보내자며 내게 1,000달러를 내밀었다. 내가 거절하자 자르겠다고 위협했다).

사람들이 데이트 강간이라 부르는 것에 '이용'당했고, 한때 사귀었던 철없는 놈한테 맞았다.

여성들이 (공격적이지 못하고 영민하지 않아) 형편없는 법조인이 된다는 말도 들어 왔으며, 베트남 전쟁을 반대하는 목소리를 내는 '영계들'은 온통 '남자들이랑 잘 생각뿐'이라는 말도 들었다.

사실이 그랬다. 우리는 남자들이랑 잘 잤고, 그건 모성과 결혼의 노예라는 기다란 단색의 길이 시작되는 지점이었다. 이 모든 메시지는 정확하면서도 비인간적이고 단단히 내재된 교리 같은 것이어서, 가장 영리하거나 반항적인 소녀들도 예외가 없었다.

우리가 여성해방운동의 초기 활동을 시작하기 전까지는 그랬다. 그 후 몇 년간 내가 운동에서 만나 연대한 여성들은 타고난 재능을 갖고도 멋대로 사는 이들이었고, 여성은 어떠해야 한다는 정통적 규정보다 훨씬 복잡했다. 그런 깨달음은 내 시야를 넓혀 줬고, 매일 매일을 가두 연극을 하는 기분으로 살게 했다.

우리는 뭔가를 고의로 방해하기 위해 문을 열고 들어가 무대를 급습하기도 했지만, 가장 큰 전략적 승리는 내면에서 일어났다. 남성들의 생각, 예상 그리고 요구를 신경 쓰지 않자 변화가 일었다. 현상 유지에서 관심을 돌려 서로에게 관심을 기울였다.

너무 순진하고 이상적인 소리로 들릴지도 모르겠지만 그리고 순진하고도 이상적인 게 맞지만, 그 시대에 우리는 그래야만 했다. 이후 10년 동안은 우리의 비전이 탄력을 받아 축제의 세계를 창조하기에 이르렀다.

여성들로만 구성된 연극부와 유기농 농장을 세우고, 예언자들과 죄인들이 함께 자고, 꼭 그러진 않더라도 부족에 대한 충성을 최고로 여기는 공동체도 만들었다.

우리는 모든 걸 누릴 자격이 있다고 느꼈고, 존재하지 않는 건 만들어 냈다. 우먼스페이스(Womenspace)라든지, 플라이바이나이트 인쇄 공동 사업체(Fly by Night Printing Collective) 그리고 여성들의 밴드인 쉘 퀸즈(Soeur Queens) 같은 걸 만들었다. 합법적으로 보이는 명칭이 필요해서 여성 문화 예술 연합(Women's Cultural Arts Association)이라 이름 붙였고, 많은 걸 이루진 못했어도 그럴 듯해 보였다.

당시 오스틴에서 살아남기란 그리 어려운 일이 아니었다. 하지만 조심하지 않으면, 젖과 꿀이 흐르는 성지도 위험한 곳으로 변모할 수 있었다. 많은 여성이 도약하거나 떠났고, 우리가 도착한 그곳에는 그곳에 닿기까지 지불한 모든 게 상처로 새겨져 있었다. 누구는 엄마가 되었고, 누구는 의학 전문대학원이나 법학 대학원에 진학했으며, 누구는 음악가나 활동가가 되기도 했다.

나에게 도약은 대학원에 진학할 용기를 의미했기에, 타자기와 위스키 두어 병을 트렁크에 싣고 동부 해안을 향해 나아갔다. 그로 인한 피해 목록 또한 길었다. 우울과 약물 남용 그리고 불운.

나는 그것이 비극적인 여자 영웅이나 극적인 인물에게나 해당하는 얘기라고 여기곤 했지만, 이제는 다르게 생각한다. 그건 힘들어도 살아가려는 삶과 관련된 것들일 뿐이다. 수십 년 길을 걷다 보면, 모든 길가에는 깨어진 돌들이 널브러져 있기 마련이다.

역사는 일련의 스냅사진이다. 달콤한 추억이든 낡고 찢어진 사진이든, 세월이 흐르면서 변하고 우리를 괴롭히며 전체 이야기의 중심을 잡아 준다.

과거의 아쉬운 일을 생각하느라 시간과 마음을 얼마나 낭비하든, 진실은 살아 보지 않은 삶을 평가할 수 없다. 대신 우리는 과거를 실패한 꿈이라고 여긴다. 때로 판타지는 꼭 필요한 거짓일 뿐이며, 숨 쉴 공간을 마련해 주고 현재를 견디게 해 준다.

어떤 기억들은 암갈색을 띠고 미심쩍은 모습을 하고 있다. 어느 시점에는 카드를 마구 섞은 뒤 카드판을 인생이라 부른다. 우리는 단지 빙 둘러앉아 담배를 피우고 술을 마시며, 어른이 되어 가는 청사진은 들여다보지 않고 심리극의 대본이나 짜는 젊고 아름다운 바보들이었을지도 모른다.

그러나 이것 하나만은 잘 안다. 여성운동은 어디서도 찾을 수 없었던 나 자신을 찾게 해 줬다. 여성운동이 빠진 나의 삶을 상상하고 싶지 않다.

1970년 열아홉, 임신 중절이 아닌 출산이라는 대안은 나를 어디로 이끌었을까.

- 프랑스 문학도와 마지못해 결혼한다. 2년 안에 이혼한다.

- 학업을 중단하고 텍사스 팬핸들로 돌아가 부모님의 도움을 받는다. 마음에 상처를 입은 부모님은 고요하게 분노한다. 나는 작은 아파트를 하나 얻고, 비서 자리를 알아보거나 지역 대학에서 제공하는 단기 야간 수업을 듣는다.

둘 중 어떤 경우든 나는 십중팔구 술을 과하게 마시고 냉소와 우울에 시달린다. 그 후 10년에서 20년 정도는 여러 감정이 나를 버무린다. 눈먼 모성애, 탈진, 잃어버린 자유를 향한 분개. 결말이 정해지지 않았던 젊은 날의 한 단락에 대한 아쉬움이 날 괴롭힌다.

그런 각본을 떠올려 보며 나는 움찔한다. 두 이야기의 주인공은 감정이 미성숙한 나로 인해 고통받는 한 아이다. 나의 어린 시절보다 모든 면에서 더 많은 게 필요한 그 아이. 물론 그 아이를 생각하면 이 각본들은 최악에 이른다. 한 번의 원치 않는 임신으로, 두 명의 사상자가 발생하니까.

그리고 지금, 레이노사에서 돌아온 밤 이후 나는 한 번이라도 지난 결정을 후회한 적이 있는가? 경고음을 울려 대는 나의 생체 시계나 후회로 고통받아 본 적이 있냐고? 아니, 없었다. 단 한 번도 후회는 없었다.

수십 년이 흐르고 처음으로, 그 사건에 얽힌 다른 인물들에 관해 생각해 본 적은 있다.

- 내 룸메이트 그리고 한두 번 본 적 있는 그녀의 남자친구. 그들은 나를 잘 몰랐을 뿐 아니라, 우리는 아주 어렸다. 하지만 그들은 뭘 해야 하는지 알았고, 더 중요한 건 임산부를 데리고 불법 시술을 위해 국경을 넘는 일을 기꺼이 해 줬다는 것이다.
- 검문소의 여성. 마취에 취해 하혈하는 젊은 여성의 알몸을 수색했던 그녀. 그녀는 신실한 가톨릭 신자였을까? 엄마였을까? 아니면 자신도 비슷한 굴욕을 당한 경험이 있었을까? 내게 분개하거나 경멸감을 느끼고, 백인 여자의 무모한 태도에 주먹을 휘두르고 싶었던 것일까? 그도 아니라면 그녀는 단지 맡은 일을 한 것뿐이겠지. 남자 직원들과 똑같이 행동하는 것.
- 지친 표정의 여의사. 그녀의 차분한 태도가 기억난다. 그녀에게도 종교적으로나 도덕적으로 고충이 있지 않았을까? 그녀는 나를 존엄한 인간으로 대해 줬다. 아마 그녀는 모든 환자를 똑같이 대했을 것이다. 마을에서 찾아온 환자든 미국에서 국경을 넘어온 임산부든 말이다. 그녀가 무엇을 감내해야 했는지 나는 알지 못한다. 다만 누가 했든지 간에, 정말 잘했다.

- 그리고 아름다운 소녀, 천사. 내가 시술받는 동안 옆을 지켜 줬던 의사의 딸. 그녀도 지금쯤 할머니가 되었겠지. 그 둘에게 고마웠다는 말을 전할 수 있다면 얼마나 좋을까.

수십 년간 통상적으로 해 왔던 기본 의료 검사지는 두 개의 질문으로 결론지어진다. 환자는 빈칸에 숫자만 써넣으면 된다.

임신 횟수: _____ .
분만 횟수: _____ .

이 질문들은 완곡어법으로 표현된 일종의 협약이고, '유산', '낙태', '레이노사 방문' 같은 기록을 남기지 않도록 해 준다. 일부 지역에서 낙태는 여전히 '주홍글씨'로 남아 있다. '분만 횟수: 0'에는 여러 가능성이 담겨 있다. 이 질문은 당신의 몸 그리고 몸이 겪은 사건들을 묻고 있지만, 당신의 영혼에는 관심이 없다.

최근 정기 건강 검진을 하러 갔을 때, 처음 본 임상 간호사가 나의 의료 기록을 쭉 훑었다. 그녀는 덩치도 크고 신뢰감이 느껴지는 40대의 여성이었는데, 나는 이내 그녀가 좋아졌다. 우리는 스타카토 형식으로 질문과 답을 주고받았다.

흡연하셨네요? 네, 마흔에 끊었어요. 규칙적인 운동은요? 네, 합니다. 부모님은 돌아가셨고, 언니 한 분, 살아계시고요? 네, 네. 임신 한 번, 중절하셨나요? "네"라고 대답한 나는, 고민도 않고 바로 "열아홉이었어요"라고 말했다.

그녀는 날 쳐다보지 않은 채 "잘하셨네요"라고 말한 뒤 계속해서 문답을 훑어나갔다.

무방비로 대화를 이어간 순간이었다. 이후 무엇 덕분에 우리 두 사람이 솔직하고 편안한 문답을 이어갈 수 있었는지 생각했다. 그녀에게서 따뜻한 마음을 느끼고 처음부터 마음이 통하지 않았다면, 나는 굳이 '열아홉이었어요'라고 말하지 않았을 것이다. 만일 내가 입을 다물고 있었다면, 그녀 또한 침묵했겠지.

하지만 우리는 수십 년에 걸친 세대를 거슬러 올라가 호들갑을 떨지 않고도 한 가지 사실에 동의했고, '잘한 일'이었다는 것에 의견을 모았다.

그날 오후 찰스 강으로 가서 로잉 연습을 했다. 지치고 행복한 상태로 보트하우스에서 나와 차를 타고 주차장을 빠져나가는데, 한 무리의 여고생들이 로잉 경기 연습을 하러 와 있었다. 강 옆으로 난 도로 위에서 소녀들은 멈춰 선 차량 사이를 아무렇지 않게 지나갔다. 주변 차들에는 아랑곳하지 않고 모두가 활짝 웃고 있었다.

그녀들은 아마 졸업반이었을 것이다. 그들에게서, 그들이 하는 말의 움직임에서 느껴지는 부주의한 아름다움을 보았다. 모두가 에너지를 한가득 품고 있었다. 이제 곧 여성이 될 소녀들은 같은 품위를 띠고 있었다. 모두가 이 세상을 누릴 자격이 있었다.

인지하지 못한 찰나, 그들은 곧 강 위로 가서 450킬로그램이나 되는 뗏목에 올라 평평한 강물 위를 건널 것이다. 나는 그들의 고매함을 사랑했다. 그들이 아직은 모르는 것들, 곧 겪게 될 모든 걸 사랑했다.

2016년, 케임브리지

타일러가 튤라의 이빨을 닦아 주니 튤라도 기분이 좋은지 가만히 있었다. 그동안 나는 싱크대 앞에 서서 그릇을 닦았다. 늦여름, 캠프를 다녀온 타일러는 개학을 앞두고 있었고 우리의 모든 대화는 중단되는 일 없이 느긋하게 이어졌다. 그녀가 설거지하는 내 어깨 너머에 대고 난데없이 물었다. "그래서, 절대 결혼하지 않겠다고 다짐했어요?"

나는 웃음이 나오는 걸 겨우 참았다. 연애 소설에나 나올 법한 문장을 어디서 들었을까? 《제인 에어(Jane Eyre)》를 읽기엔 너무 어린

반짝거리고 소중한 것들

데. 하지만 타일러의 질문은 언제나 진지해서 나도 그녀의 질문에는 정면 대응했다. "음, 내게 딱 맞는 사람을 만나지 못했어. 그래서 여러 사람에게 사랑을 나눠 준단다. 그동안 많은 사람을 사랑했고, 동물들도 사랑했지."

타일러는 내 대답이 마음에 드는 눈치다. 내가 생각해도 좋은 대답이다. 나는 타일러가 자주 그러듯 "음, 설명하려면 복잡한데"라고는 대답하지 않는다.

이런 대답도 하지 않는다. "결혼은 여성을 노예 삼아 부강한 국가를 만드는 속물적인 제도라고 믿는 젊은 혁명가에게, 함께 지낼 남자를 찾는 건 꽤 까다로운 일이란다."

이런 대답도 피한다. "음, 어떤 남자를 만나다가 헤어지고, 다른 남자, 그다음엔 어떤 여자, 그리고 또 다음 남자. 그러다 텍사스를 떠났는데 모든 게 다시 반복됐어. 남자를 만나고, 여자도 만나고, 그러다 결국… 이렇게… 혼자 남았네."

타일러에게 며칠 전 발견한 편지들에 관한 얘기는 하지 않았다. 35년 전 나와 연인이 주고받은 편지였다. '내가 너까지 망치게 될 거야.' R은 자기 안의 어둠이 우리 둘 모두에게 그늘을 드리울까 두려워 그렇게 쓴 것 같다. 같은 편지 후반부에서 그는 이렇게 말했다. '고전으로 남게 될 소설을 써.' 그도 나도, 그러진 못했다.

하지만 나의 일부는 그와 텍사스로부터 떠나야 한다는 사실을, 나를 비롯해 날 죽이려 하는 모든 독소에서 벗어나야 한다는 걸 알았다. 10년도 더 지난 뒤 정신적으로 고통 받던 그는, 자포자기 심정으로 유럽 여기저기를 떠돌다 코펜하겐의 어느 호텔 방에서 약물을 과다 복용한 채 발견되었다. 그는 아무런 메모도 남기지 않았다.

타일러에게 말해 주지 않은 얘기가 또 있다. 과거 그는 리마에서 마이애미까지 마약을 운반해 주고 큰돈을 벌자고 내게 제안했다. 나는 알겠다고 말할 뻔했지만, 마지막 순간에 마음을 돌렸다. 내 안 깊은 곳 어딘가에서 누군가가 말했다. "제발 멍청하게 굴지 마. 그건 6,000미터 상공에서 수직 강하하는 거나 마찬가지야." 그러든 말든 그는 가 버렸고, 일행 중 누군가가 체포되었다.

3주가 지나고, 그는 타오스[18]에서 내게 전화를 걸어 울면서 사랑한다고 말했고 텍사스로 돌아와 달라고 애원했다. 그때 나는 유르트[19]에서 지내고 있었다. 나를 남자에게서 벗어나게 해 줄 것만 같던 한 여자와 함께였다. 나는 집으로 돌아가지 않았고, 이후 텍사스에서 그를 만났을 때 우리는 언제 통화를 했었냐는 듯 아무

---

18 Taos, 미국 뉴멕시코 주 타오스 카운티에 있는 마을이다.
19 몽골·시베리아 유목민들의 전통 주거 텐트를 말한다.

렁지 않게 행동했다.

타일러에겐 이런 대답도 하지 않는다. "타일러, 인생은 너무 길고 복잡해. 그리고 삶이 그저 생명 작용에 불과한 때도 있지. 살다 보면 비극을 겪고, 엉덩방아를 찧고, 주변에 널린 막다른 골목도 마주한단다."

이런 대답도 삼간다. "음, 사실, 내가 나쁜 남자와 사랑에 빠지는 경향이 있어. 내가 떠난 적도 있고, 그들이 날 떠나기도 했지. 아 그리고, 나는 20년 동안 조니 워커 레드[20]랑 결혼했었어. 술병과 사랑에 빠지면 방안이 온통 술병으로 가득 차게 된단다."

하지만 대답에서 생략된 내용은 정리되지 않았을지언정 모두 사실이다. 그러니 내가 타일러에게 '아직은' 말해 주지 않는 가장 중요한 점은, 운이 좋다면 실수들이 지류가 되어 다른 어떤 곳을 향해 흘러간다는 사실이다.

되돌아보면, 과거의 모든 선택과 유턴과 방랑벽이 나름의 박자와 내면의 논리에 따라 하나의 삶으로 자리를 잡았다. 우리는 그게 무엇이든 지나온 이야기에 자신을 결부시킨다. 수용 혹은 부정이라 불리고, 세계 종교들의 중심 토대가 되기도 한다.

---

20 Johnnie Walker Red, 전 세계에서 가장 많이 팔린 위스키의 상품명이다.

R과 주고받은 편지를 찾았을 때 나는 울었다. 하지만 내 안의 일부는 젊은 나의 비통함을 읽으면서도 의심이 일었다. 왜 하필 그날 그 편지를 읽었을까? 그건 보관되고도 잊힌 백 가지 물건 중 하나였다. 물질문화의 문제거나 기억의 문제 혹은 그 둘의 접합 지점에서 생기는 문제였다.

뭐든 35년에서 40년이라는 세월을 통과해 기록보관소에 저장되면 기억을 대체할 수 있고, 때로는 노력 없이도 과거라는 무게를 입을 수 있다. 사실 그건 과거에서도 극히 일부에 불과하다.

인생 전체로 봤을 때 낙서가 남아 있는 종이성냥 같은 것이고, 다섯 장의 사진 중 네 장은 유실되거나 폐기되고 한 장이 남은 것이며, 망각의 저편으로 가 버린 또 한 명의 연인일 뿐이다. 때로 어떤 건 시간과 공간의 충돌이 매우 빠르게 일어난 덕에 우주의 이야기가 되어 버린다.

타일러가 아직 어려서 이해하기 힘들지도 모른다. 나도 항상 잊고 말지만, 심장에는 수맥을 찾는 능력이 있어 자신이 가야 할 방향을 찾아간다고 믿는다. 고립을 자초한 탓에 올가미에 걸렸다고 느끼더라도, 나는 내가 곧장 이 삶으로 걸어 들어왔음을 인정해야만 한다. 반쯤 종종걸음으로 양팔을 세차게 흔들며 눈을 크게 뜨고 걸어왔다. 나를 이곳으로 이끈 결정을 내린 것도 나다.

나는 커다란 의자와 개들이 있는 집을 원했고, 누구든 들어올 수 있지만 적어도 지금까지는 온종일 머무는 사람은 없어야 하는 집을 원했다. 이제 내 나이가 70에 접어들었으니, 지금까지 꽤 긴 시간이었다. 엄동설한이 닥쳤을 때나 다쳤을 때, 혹은 브로콜리 사오는 걸 깜빡했을 때나 재밌다는 파티에 못 간다고 핑계를 대야 할 때는 참담한 짐으로 느껴진다.

무엇을 먹고 어디서 자느냐의 문제라기보단 영혼과 정신의 문제다. 그리고 누구든 원하고 꿈꾸고 고통받고 후회하는 능력인 의식 자체에서 자유로울 수 없음을 기억해야 한다. 누구에게도 결코 간단한 문제가 아니다.

한겨울 깜깜한 밤에 개와 산책을 할 때, 나는 창에서 황색 불빛이 새어 나오는 집들을 바라보며 이런 생각을 한다. 다른 사람들이 완벽해 보이는 삶을 살아 내고 있는 곳, 그 안에는 우리가 볼 수 없는 것들이 너무나도 많다.

아마도 타일러와 내가 같이 쓰게 될 책은 여름날의 기억과 공원에서의 농구시합, 그리고 장애물 달리기나 파이 만들기 같은 추억에 근거해 의식의 안과 밖을 표류하는 판타지가 될 것이다.

2년 동안 우리는 아주 많은 이야기를 지어냈다. 지하에 사는 45킬로그램짜리 고양이도 나오고, 시나몬으로 만든 마법의 묘약도 나오며, 날아다니는 말도 나온다.

하지만 타일러가 자라감에 따라 더욱 현실적인 소재가 고개를
내밀 것이다. 언젠가 그녀는 두꺼운 스프링 노트를 가지고 부엌
조리대의 스툴에 앉아 첫 장에 쓰게 될 것이다. '타일러와 게일, 모
험을 시작하다.'

8

나를 변화시키고
온 우주를 바꿔 놓을 깨달음

Bright Precious Thing:
A Memoir by Gail Caldwell

자기 파괴에서 밤길 되찾기로,
그리고 영혼 되찾기로 이어지는 과정이었다고.

댈러스(Dallas)에 도착한 조안은 자기 갈 길로 가 버렸다. 앨버커키[21]에서 얻어 탄 차는 남쪽으로 먼 길을 달리다 고속도로 분기점에서 우리를 내려 줬다.

텍사스의 겨울치고는 쌀쌀한 일요일 밤, 나는 320킬로미터를 더 가야만 했다.

나는 오스틴으로 향하는 길이었다. 오스틴에서는 다섯 명의 성인이 네 마리의 개와 함께 살았는데, 하루쯤 내가 들어오지 않거나 심지어 일주일 동안 소식이 없어도 아무도 알아채지 못할 분위기였다.

우리는 모두 히피족이었고, 음악가였으며, 채식주의자였다. 돈이 있거나 제대로 굴러가는 차를 소유한 이가 아무도 없어 길을 떠날 땐 주로 히치하이킹을 선호했다.

즉흥적이고 자유로운 삶이었다.

텍사스는 교육보다도 고속도로 관리에 더 많은 세금을 쓰기로

---

21 Albuquerque, 미국 뉴멕시코 주 중부에 위치한 도시다.

유명했지만, 도로가 지나는 구간은 어두침침하고 정감이 가지 않았다. 나는 청바지에 스웨이드 재킷을 입고 양가죽으로 된 깃을 높이 세웠다.

지나가는 차를 잡아 세우기에 마땅한 장소를 찾은 뒤, 가방을 내려놓고 긴 머리를 묶어 포니테일을 재킷 안으로 집어넣었다. 그러고는 엄지손가락을 치켜들고 뒷걸음질로 살짝 뛰며 차를 잡는 손 신호를 보냈다. 나는 젊은 남자처럼 보이고자 했다.

첫 번째로 멈춰선 차는 운전자의 생김새가 맘에 들지 않아 그냥 보내 버렸다. 그리고 20분 동안은 모든 차가 나를 지나쳐 갔다.

오래된 쉐보레가 차를 세웠다. 서른쯤 돼 보이는 운전자는 말끔히 뒤로 넘긴 머리를 하고 있었다. 내가 문을 열자 그는 놀란 눈치였다. "오, 안녕하세요! 남자분이 아니었군요. 어디로 가세요?"

조안과 나의 여행은 약 2주 전 시작되었다.

그녀와 나는 오스틴에서 콜로라도 애스펀(Aspen)까지 북서쪽으로 약 1,600킬로미터에 이르는 거리를 인디펜던스 패스(Independence Pass)를 넘어서 갔다. 한밤중에 거의 쉬지도 않고 달리는 길은 정말 끔찍했다.

우리는 스키광이 돼 버린 오랜 남자친구를 만나러 갔는데, 새벽 1시쯤 애스펀에 도착한 우리를 본 그는 놀라지도 않았다. 그건 우리가 추구하던 마냐나[22] 문화였다.

모든 게 중요했지만 그리 오래 가지 않았고, 우리는 스스로 닐 캐시디(Neal Cassady) 혹은 로살리 소렐스(Rosalie Sorrels)나 된 것처럼 행동했다. 우리는 정말 철없고 저돌적인 멍청이에 불과했는데, 운이 좋아 그 모든 과정을 거쳐 살아남았다.

애스펀에서 타오스로 돌아온 우리는, 며칠간 두어 명의 괴짜를 간신히 피했고 흥겹게 텍사스 중심부까지 왔다. 시공을 초월한 여행에는 그런 매력이 있었다. 성난 황소를 타고도 광속으로 달리며 버틸 수만 있다면, 정신과 마음이 너무도 충만한 나머지 충돌 따위를 걱정할 겨를도 없었다.

댈러스 외곽에서 내 옆에 차를 세운 남자는 제임스 딘의 쿨함과 히피족을 앞서는 풍모를 뿜어냈다. 나는 그의 용모뿐 아니라 날 남자로 착각했다는 점이 마음에 들었다. 뒷좌석에 가방을 던져 넣고 차에 탔다.

그도 오스틴까지 간다고 했다. 시간이 늦어 밤 아홉 시인가 열 시쯤이었는데, 앞으로 네 시간을 더 달려야 했어도 오스틴까지 바로 갈 수 있다는 생각에 기분이 좋았다.

---

22 mañana, 스페인어로 '내일, 나중'에라는 뜻을 가진 이 단어에는 '오늘 할 일을 내일로 미루고 잘 쉬자'라는 의미가 담겨 있다.

그는 내게 어디서 오늘 길이냐며 한두 가지 질문을 건넸고, 그
후로는 둘 다 입을 다물었다.

차에 탄 후 처음 몇 분은 정말 중요하다. 운전자와 히치하이커
는 서로에 대해 암묵적으로 평가를 한다. 사실 히치하이킹 자체
만으로 상황 전개의 판도를 바꿀 수 있기에, 나는 엄지손가락을
치켜들기 전에 남자로 위장한 것이었다.

히치하이킹을 해서는 안 된다고 큰소리를 내는 운전자를 만나
기도 하고, 마리화나를 나눠 주는 히피족을 만나기도 한다.

이 남자의 부드럽고 공손한 태도에 나는 이내 적응했다. 그런
데, 그가 나를 힐끗 쳐다보더니 좌석 아래로 손을 뻗기 시작했다.
나는 마음을 단단히 먹었고, 내가 속수무책이라는 사실과 이제 무
슨 일이 일어날지 모른다는 생각밖에 안 했던 것 같다.

그가 무표정한 얼굴로 자신의 오른쪽 다리 아래서 도살이나 사
냥할 때 사용할 법한 칼을 꺼내 들더니, 내게 칼날을 보여 줬다.
잠시 뜸을 들이던 그는 "히치하이커들을 태울 때 이걸 항상 소지
하고 다녀야 날 보호할 수 있지요"라고 말했다. 그러고는 칼을 다
시 제자리에 갖다 놓았다.

그가 좌석 아래로 손을 뻗던 순간부터 나는 식은땀을 흘리고
있었다. 비로소 등을 기대고 앉아 앞을 보며 심호흡을 가다듬을

수 있었다.

그는 라디오를 틀고 소리를 줄이더니 내게 "시골 좋아해요?"라고 물었다. 그의 목소리에는 내게 사과하려는 뉘앙스가 담겨 있었다. "좋아하죠." 나는 고개를 끄덕이며 대답했다. 차는 계속해서 달렸다.

그의 목소리 톤과 조심스러운 행동거지를 보며, 위협하려는 의도는 없다는 걸 알았다. 그는 단지 모래 위에 선을 그었을 뿐이었다. 길에서 어떤 정신 나간 인간을 만날지 모르니, 차에 탄 순간부터 골치 아픈 일을 만들지 말라고 언질을 주는 행동이었다.

그가 그 칼을 사용한 적이 있다고는 생각하지 않는다. 그리고 막상 겪어 보니 그는 가장 편한 운전자 중 한 명이었다. 그는 내가 놀라거나 겁먹지 않길 바라며 좀 더 부드럽게 말을 걸었겠지만, 어쨌든 우리는 오스틴에 이르기까지 계속 대화를 이어갔다.

그에겐 다운 증후군을 앓는 어린 딸이 있는데, 그 무엇보다 딸을 가장 사랑한다고 했다. 운전하면서 술을 마시는 게 불법이 아니던 시절이라, 우리는 맥주도 한두 병 나눠 마셨다.

나도 아직은 알코올을 감당할 수 있을 때고, 한 병이 열 병이 되지 않도록 자제가 가능한 시절이었다. 멀리 오스틴의 불빛이 보였고, 시계는 새벽 한 시를 가리키고 있었다. 원래 마을을 지나처 가야 했던 그는, 마을 안까지 들어와 나를 문 앞에 내려 줬다.

집까지 한 블록 남았을 때, 이런 생각을 했던 기억이 난다. '오 이런, 드디어 대가를 치르라는 뜻인가?' 너무나 친절하던 그가 나를 집까지 바래다주다니, 이제 곧 내 젖가슴을 더듬을 거라 예상했다. 어린 딸을 향한 자신의 사랑에 관해 아름다운 얘기를 해 놓고도 말이다.

하지만, 나는 아무런 일도 당하지 않았다. 그는 내게 악수를 건네며 행운을 빌어 줬고, 조심하라고도 말해 줬다. 그는 나를 내려 준 뒤 자신의 이름은 토니라는 것도 알려 줬다.

나는 이 이야기를 떠올릴 때마다 기분이 좋다. 히치하이킹을 해 보면 항상 이렇게 좋게 끝나지만은 않는다. 세상엔 비열한 사람, 다른 사람처럼 행동하는 사람들이 너무도 많다. 하지만 토니는 가식이라곤 없었다.

그는 텍사스 도롯가에 차를 세우던 순간 내가 보았던 그 사람과 정확히 같은 사람이었다.

그리 좋게 끝나지 않았던 히치하이킹은 그로부터 2년 뒤, 오스틴에서 타오스로 가는 적막한 도로 구간에서 일어났다.

나는 샌프란시스코에 거주하고 있었고, 캘리포니아에서 사귄

친구와 함께 초가을부터 여행을 다니고 있었다. 우리는 꽤 오랜 기간 여행 중이었다.

뉴욕에서 자란 케이티는 작고 강단 있는 자동차 정비공이었고, 검은 띠까지 딴 쿵푸 유단자로 분별 있고 강한 친구였다.

우리는 텍사스 팬핸들에서도 뮬슈(Muleshoe)와 디미트(Dimmitt) 근처의 더욱 음산한 구간에서 주간 고속도로로 가는 차를 잡아타기 위해 애쓰고 있었다.

그쯤 우리는 너무 지친 탓에 여성 히치하이커들 사이의 암호와도 같은 규칙을 하나 깨고 말았다. 지나쳐 가 버린 다음 머뭇거리다가 돌아와서 태워 주려는 차에는 절대로 타지 말 것, 그건 불길한 신호다.

두 번째 규칙도 깨 버렸다. 차 안에 남자 운전자 혼자고 문을 열고 말을 건넬 때도 선글라스를 벗지 않는다면, 그 차에는 절대 타지 말 것(이 규칙들은 누가 만들었을까? 돌이켜 생각해 보면 정말 기가 막힌다).

밤은 어둡고 점점 추워지고 있었다. 우리는 텍사스에서 넘어가 앨버커키까지 가고 싶었다. 차를 되돌려 세운 남자는 서른쯤의 백인으로 우리를 향해 활짝 웃어 보였다. 우리가 뉴멕시코로 간다고 하니 고속도로까지 태워다 주겠다고 했다.

앞좌석에 탄 나는 히치하이커들의 관례에 따라 또 다른 전략을 펼쳤다. 운전자가 말을 많이 하도록 하기. 편하게 대하기. 이것저것 묻기.

근처 공군 기지에 주둔하는 군인이라는 그의 말에 나는 조금 안심했다. 그는 약혼자 얘기를 꺼내며 어디서 휴가를 보냈는지도 얘기해 줬다. 그때까지만 해도 일이 잘 진행되는 분위기였다.

10분쯤 흘렀을까. 그가 난데없이 좌회전 깜빡이를 켜더니 농업용 도로가 난 곳으로 핸들을 꺾었다. "길을 잘못 들었어요"라고 내가 말했다. "지름길을 알아." 그가 대답했다.

농업용 도로는 말 그대로 시골길이다. 주로 목장 주인이나 농부들이 시내에 나갈 때 이용하는 2차선 포장도로다. 그곳은 내가 어릴 적에 아빠와 함께 비둘기 사냥을 나갔던 지역으로, 특히나 적막한 구간이었다. 오, 주님. 어쩌다 우리가 비둘기 신세가 되었나요.

텍사스 북부는 지형이 유난히 평평한 탓에 대부분 농업용 도로의 갓길이 가파르게 경사진 둑처럼 되어 있다. 비가 내리면 도로를 흐르던 빗물이 둑 아래로 내려가니, 갓길보다는 배수로에 가깝고 잘 보이지도 않으며 매우 낯선 공간이다.

사건은 급작스럽게 일어났고, 나는 흥분한 상태로 본능에 따라

반짝거리고 소중한 것들

행동했다.

방향을 틀고 농업용 도로에 들어선 그는 속도를 높여 1.5킬로미터 이상을 안쪽으로 들어갔다. 배수로에 차를 세웠을 때, 나는 이미 차 문을 열고 한쪽 발을 내밀고 있었다. 그가 선글라스를 벗더니 나를 보고 웃으며 말했다. "나는 보증금을 낸 것 같은데, 이제 너희가 잔금을 치러야지."

위기감을 느끼면서도 허풍 떠는 그를 보며 이런 생각을 했던 기억이 난다. '웬 헛소리를 지껄이는 거지.' 그는 마치 이 순간을 위해 위협적으로 설득하는 대사를 미리 연습이라도 해 본 사람처럼 어색하게 말했다. 먼지가 자욱한 시골길 위에서 하찮은 똘마니 하나가 모든 걸 망치려 하고 있었다.

차에서 어떻게 내렸는지는 기억이 나지 않지만, 어쨌든 나는 케이티를 향해 "짐 챙겨"라고 외쳤다. 그러고는 분노에 치를 떨며 차 뒤편으로 가서 번호판 숫자를 큰 소리로 읽었다. 그 남자 또한 차에서 내려 짜증스럽고 불길한 말투로 내게 뭐라고 말했다. 길가에 선 케이티는 완전히 얼어 있었다.

내가 "당신 차 번호판 다 외웠어요"라고 외쳤다. "당신이 어느 부대 소속인지, 부대장이 누군지도 알아요. 약혼녀 이름이랑, 부모님이 어디 사는지도 알고요. 허튼 수작 부리면 당신 인생은 끝장이에요."

나는 겁이 나서 반쯤 미쳐 있었으면서도 애티커스 핀치[23]라도 된 듯 확신에 찬 어조로 말했다. 나는 가냘픈 스물두 살짜리 여자였고, 심지어 더 조그마한 친구는 아직 한마디도 내뱉지 않았다.

그는 제발 말하지 말아 달라 애원했다. 가면을 벗은 그는 정말 사람 같지도 않은 놈이었다. 그는 우리를 다시 주도로까지 태워 주겠다며 말을 이었다. "미안해, 그러려고 한 건 아닌데. 일단 차에 타, 나는 단지."

케이티가 혼란스러운 듯 나를 바라봤다. 그러고는 기어드는 목소리로 소심하게 말했다. "고속도로까지 나가려면 차를 타는 게 좋지 않을까."

그녀가 아무런 도움도 되지 않았고 새장에 갇힌 새처럼 입을 다물고 있었다는 사실을 깨달은 내가, 또다시 그 남자를 향해 소리를 지르기 시작했다.

"30초 안에 눈앞에서 사라지지 않으면, 당신 부대장 이름을 외칠 거예요. 차에 타서 얼른 꺼져 버려."

그가 사라졌다. 건조한 팬핸들 도로의 먼지가 굴러가는 차 바

---

23 Atticus Finch, 하퍼 리의 소설 《앵무새 죽이기》에서 백인 여성을 성폭행한 누명을 쓴 흑인 남성의 인권을 위해 투쟁하는 정의로운 변호사의 표상으로 그려진 인물이다.

퀴를 소용돌이치며 휘감고, 그렇게 그는 떠났다. 쿵쾅거리는 심장을 부여잡으며 겨우 불을 끈 소방관의 기운을 느꼈다.

지금껏 나는 내게 닥친 재앙에 가장 먼저 대응해 왔다. 케이티와 나는 가방을 둘러메고 침묵 속에서 약 20분간을 걸었다. 나는 그놈에게 장황한 비난을 쏟아붓는 동안 케이티가 유단자라는 사실을 염두에 두고 있었다. 즉 나의 분노 뒤에는 그녀의 근육이 든든하게 버티고 있었다.

나는 결국 그녀에게 물었다. "그러니까 네가 그놈을 제압할 수 있었던 거지?" 케이티가 걸음을 멈추고 나를 바라봤다. 나는 그녀의 눈에서 모든 걸 읽을 수 있었다.

그녀는 그 순간 자신이 뭔가를 할 수 있다는 생각을 전혀 하지 못했다. 그동안 갈고닦은 기량과 검은 띠에 대한 생각이 두려움에 모두 가려졌다.

텅 빈 텍사스 도로에서 만난 한 더러운 놈 때문에 수년간의 단련이 무용지물이 되는 순간이었다.

수치심을 느낀 그녀는 고통으로 분노했다. 그 모습을 본 나는 이제 정말 그 새끼를 죽이고 싶었다. 그 새끼는 케이티 내면에 있던 무언가를 강도질했다.

나는 그녀가 그 무언가를 되찾았길 진심으로 바란다. 하지만 케이티가 그걸 되찾는 데 성공했는지는 모르겠다.

이 사건의 결론은, 이후 내가 다시는 히치하이킹을 하지 않았으며 중요한 교훈을 얻고 쿵푸를 단련했으며 총을 구했다고 말하는 걸로 마무리되어야만 한다.

하지만 그중 아무것도 하지 않았다. 물론 총 쏘는 방법을 배웠고, 1975년 반체제 출판사에서 발행한 《여성들의 총기 사용법(The Women's Gun Pamphlet)》의 오래된 사본을 소지하고 있다. 이 출판물은 여성들이 당시 상황에 얼마나 분개했으며 필사적으로 대응했는지를 보여 주는 조잡한 기록물이다.

하지만 이후 수년간 히치하이킹을 하지 않는 대신 여성들을 차에 태워 줬고, 어디로 향하든 그들을 목적지까지 데려다줬다. 내가 강간당할 뻔했다는 사실과 죽을 수도 있었다는 것도 말해 줬으며, 제발 낯선 사람의 차를 얻어 타지 말고 조심하라고 당부했다.

내 저항의 궤도는 음울하고 서름했던 청소년기에서 시작해 한동안은 전쟁을 반대하는 히피걸들과 모여 살며 자리를 잡는 듯했다. 당시 어느 시점에선가 내 안의 난폭함과 분노가 새어 나왔다. 지금이야 난폭함이 모든 종류의 고통을 감추는 구실을 했다고 생각하지만, 그때는 고통과 난폭함의 연관성을 눈치 채지 못했다.

내가 알던 모든 이가 장난삼아 재앙에 덤벼들었다. 환각제와 베트남, 길거리의 폭동까지. 그 시기엔 나를 엿 먹일 온갖 게 널브러져 있었다.

나는 캄캄한 터널들을 지나며 나의 길을 걸었다. 거의 반세기가 지난 지금 날 혼란케 하면서도 흥미를 불러일으키는 부분이다. 내 개인적인 이야기와 사회적 풍습이 겹치면서, 청소년기의 정상적인 한계선이 낭떠러지를 넘어 버린 것이다.

평범한 저항이 냉담한 무신경으로 이행하는 시점은 언제일까? 수년이 지나고서야 나는 나의 궤도가 평범하지 않았으며, 내가 열두 가지 방법으로도 그 저항을 분출할 수도 있었다는 침통한 사실을 깨달았다.

엄마는 내가 평범한 숙녀답게 행동하도록 가르쳤고, 아빠는 나를 만나러 온 동네 소년들에게 겁을 주곤 했다. 우리는 많은 부분에서 전형적인 전후 핵가족의 모습으로 살았고, 부모님은 나름 대도시인 애머릴로에서 더 나은 삶을 살아 보려 고군분투했다.

우리 가족은 일상적인 기쁨, 지루함, 실패의 할당량을 누렸지만, 나 같은 위험물을 발사할 만큼의 큰 문제는 없었다. 분노한 아빠가 엄마 죽는 꼴 보고 싶냐고 내게 지르는 소리가 들리는 듯하다. 돌처럼 굳은 얼굴을 한 슬픈 엄마가 보인다.

어느 여름날엔가 내가 마리화나를 피운 혐의로 잡혀갈 때의 기억이다. 혐의는 결국 기각되었다. 하지만 그들의 비난은 내 화를 돋울 뿐이었고, 독선으로 가득한 나는 거만해져서 그곳을 벗어나려 발버둥 쳤다.

나는 여차하면 부서지는 삶의 속성을 왜 조금도 이해하지 못했을까? 지금에 와서야 엄지손가락을 치켜든 그 소녀, 골칫거리로 추락해 출구를 찾아 소리를 질러 대는 그 소녀를 보며 엄마가 느꼈을 게 분명한 감정을 느낀다.

슬프지만 손쓸 수 없다. 그녀가 살아 내서 다행이고, 살아 내지 못할 만큼 혼란스러워 했던 것에 안쓰러움을 느낀다.

1977년엔가 해질 때까지 입었던 복숭앗빛의 '밤길 되찾기 운동' 티셔츠를 계속 생각해 본다. 여기서 티셔츠는 실재하는 대상을 의미한다.

위험한 소녀에서 페미니스트 운동가가 되고, '빌어먹을 내 인생이나 건사하자'로 변모해 간 삶의 모자이크에서 한 조각을 차지하는 대상 말이다.

전두엽 피질이 지옥으로 번지점프해서는 안 된다는 사실을 마침내 이해하듯, 이건 두뇌 발달의 문제인지도 모른다. 하지만 나는 사회적 진화의 문제라고도 생각한다. 자기 파괴에서 밤길 되찾기로, 그리고 영혼 되찾기로 이어지는 과정이었다고.

여성운동 초창기, 우리는 어느 날 밤 오스틴에 있는 한 가정집에 모인 적이 있다. 나는 당시 마음에 담았던 스냅사진을 여전히 간직하고 있다.

우리는 그 집을 '로빈슨 가(Robinson Street)'라고 불렀다. 진짜 로빈슨 가에 있는 집이기도 했지만, 그 말은 우리가 모여 신발을 벗어 던지고는 편하게 발을 올리고 기대어 앉아 냉장고를 가득 채운 맥주를 마신다는 암호였다.

'로빈슨 가에서 만나.' '모두 로빈슨 가에 모여 있어.' 한편에서는 반전 전략을 논의하고, 다른 한편에서는 포커 게임을 했다.

그때는 뭐가 그리도 재밌었을까? 물론 다는 아니었지만 여자들끼리 사랑을 나누기도 했고, 부르주아적 기대를 전복하며 찾아낸 자유를 모두가 마음껏 들이마셨다.

전화벨이 울렸다. 전화를 받은 여자가 잠깐 머뭇거리다 눈썹을 치켜 올리더니 내 이름을 불렀다. 최근 몇 달간 잠자리를 갖던 남자였는데, 내가 언제 집에 오는지 알고 싶다 했다.

나는 부엌에 서서 벽면 전화기로 길게 연결된 수화기를 들고, 그의 불평을 들으며 다른 방에 있는 여자들을 바라보았다.

애석함에 가까운 마음으로 이런 생각을 했던 기억이 난다. '레즈비언이었다면 집에 갈 필요도 없을 텐데.' 파티가 열리는 곳도 이곳이고 지금 내가 있는 곳이 바로 내 집이니 굳이 막사로 돌아가지 않아도 될 텐데, 라고 생각했다.

40년도 지난 일인데 아직도 그때의 감정이 느껴진다. 나는 수학 문제를 두고 고민하는 아이처럼 혼란과 흥미를 동시에 느끼고 있었다. 그러다 나는 어떤 사실 한 가지를 간파했다. 그건 나를 변화시키고, 온 우주를 조금 바꿔놓을 깨달음이었다.

남자들이 모든 부분에 있어 너무 자주 결정권자 노릇을 한다는 것. 우리는 대답을 해야만 하고, 온종일 갖고 놀던 장난감 칼을 밤마다 권위자에게 반납해야만 한다는 사실을 말이다.

단순히 성적이거나 연애와 관련한 통찰은 아니었다. 나의 통찰은 그보다 광범위했다.

여름날 저녁 방에서 흘러나오던 빛, 노란색 전화기 그리고 그 남자의 목소리를 기억하고 있다는 사실은 삶이 거쳐 온 과정에서 그 통찰이 갖는 가치의 증거였다.

그 순간 나는 스스로 자유를 책임져야 한다는 사실을 깨달았다. 그 생각을 미세 조정하고 저항만 하는 데서 그치는 게 아니라, 독립과 자존감에 관한 것으로 만들어 가며 수년이 흘렀다.

그날 밤의 웃음소리라든지 집안을 가득 채운 여성들의 자율성과 애정 같은 건, 기억의 빛으로 남아 안식처와 모험의 이상적 관넘이 되고 삶이 나아가야 할 방향이 되었다.

이후 수년간 그런 순간들이 몇 번 더 있었다. 빼앗긴 길이나 닫힌 문 앞에 설 때면 내면의 목소리가 말했다. '안 돼, 난 안 할 거야. 안 돼, 나랑 맞지 않아. 아닐 거야.' 이제 와 그걸 깨닫는다는 사실에 마음이 아프다.

나이가 들면 후회도 하고 과거를 자주 회상한다. 하지만 나 자신을 위해 길을 찾으려 애썼다는 사실에 안도한다. 물론 당시에는 제대로 깨닫지도 못했고, 그 길에서 큰 매력을 느끼지 못할 때도 있었지만 말이다.

'나랑 맞지 않아'라는 깨달음은 많은 부분에 해당했다. 여러 남자와 여자를 떠났고, 대학원 과정을 다 마치지 않았으며, 하던 일을 관두고 도시를 벗어났다.

모두 다 잘한 일이었을까? 전혀 아니다. 돌아보면, 잘한 일이라 느껴진 적도 있었지만 젊음의 많은 부분이 자유와 두려움으로 뒤엉켜 있다.

나는 희뿌연 미지의 길일지라도 앞을 향해 나아갔다. 호기심이 두려움을 1밀리리터 가량 눌렀고, 때론 그 정도로 충분했다.

나는 그날 밤 로빈슨 가에서 내 행복한 자율성을 흩어 버린 남자를 떠났고, 이후 사랑했던 여자도 떠났다. 대학원에 진학했다가 페미니즘이 내 심장을 갈고 닦은 것만큼이나 내 정신을 날카롭게 다듬어 준 대학원 프로그램도 버렸다.

이 모든 과정에서 내게 용기를 주는 위스키에 매달렸다. 아예 효과가 없어지기 전까지, 위스키의 효과는 엄청났다.

그로 인한 실패의 크기는 빙하 속 깊게 갈라진 틈만큼이나 깊고 무시무시했으며, 그 어떤 위험보다도 크나큰 위험이었다.

9

내 삶의 이야기를
다시 생각하는 시간

Bright Precious Thing:
A Memoir by Gail Caldwell

우리는 온전히 사랑과 힘
그리고 원하는 걸 바탕으로 선택했으며,
그런 자유가 초능력처럼 느껴졌다.

그래, 타일러. 네게 들려주지 않은 이야기들이 너무도 많다. 깊이 생각해 본 적 없는 문제들, 연결되지 않은 문장들과 오랜 날들이 모여 하나의 이야기가 되었지.

하지만 너의 간결하고 아름다운 질문 덕분에 나는 그 문제들과 내 삶의 이야기를 다시 생각해 보고, 오래된 나무 위의 집에 앉아 다른 각도에서 그 이야기들을 바라보게 된다.

예를 들면, 나는 왜 결혼하지 않았을까? 수년간 여자들보단 남자들이 내게 이 질문을 많이 던졌고, 나는 주로 완곡어법을 사용해 빠르게 어깨를 한 번 으쓱하고 말았다.

왜 그를 떠났고, 다음엔 그녀도 떠났을까. 짝을 달라고 기도하면서도, 왜 자기들만의 방식으로 내게 다가오는 그들에게서 벗어나려 했을까?

30년 전, 친구 하나가 내게 이런 말을 한 적이 있다. "혼자인 여자 중에 너처럼 간절하지 않은 사람은 처음 봐." 우리 둘 다 젊었고 보도국에서 일할 때였다.

나는 그녀의 말을 이해하지 못했다. 딱히 아이를 원하지도 않고 경제적인 능력이 되는데, 간절할 게 대체 뭐가 있단 말인가.

더 중요한 점은, 자유로울 때보다 누군가와 사랑할 때 내 안의 무언가가 더 간절해진다는 점이었다. 관계에서 벗어나면 나는 '오, 주님, 드디어 살았네요, 그들에게서 벗어난 이 자리에 나의 검과 자부심이 있네요, 다시는 누구도 만나지 않겠어요'라고 속으로 되뇌었다.

나는 사랑에 서툴렀고, 어찌 됐든 관대하지도 않았으며, 혼자인 것에 탁월했다. 운이 나빴거나, 선택을 잘못했거나, 아니면 내 안에 뭔가가 뒤틀린 건지도 몰랐다. 그렇게 된 이면에는 텅 빈 평원에서 자란 나의 성장 배경도 있을 것이다.

하릴없이 잔디에 누워 꽃이 피는 모습을 관찰했던 내 어린 날은, 내게 스스로 자신의 친구가 되는 법을 알려 줬다.

1970년대 초반, 내 기록의 파편들도 있다. 캘리포니아 북부에 살던 나는, 과달라하라 아래쪽에 있는 멕시코 남서부 해안으로 떠났다. 처음으로 한 여자와 잠자리를 가진 뒤의 어느 여름날이었다.

샌프란시스코의 한 지하 다락에서 우리는 섬세하고도 관능적인 사랑을 나눴고, 그 관계는 내 눈을 뜨게 했다. 그 어떤 정신 나간 불안감도 없었고 피곤한 심리전도 없었다.

여행 중이었던 우리는 아주 짧은 시간, 아주 조금 서로를 사랑했다. 한밤중의 반딧불이 같았다. 아름답지만, 아주 잠깐 빛을 뿜고 사라져 버렸다.

하지만 내 기록은 수면 아래 갇혔던 누군가의 증거물이다. 그건 어두운 진실도 말해 준다. 주로 늦은 밤 스카치위스키를 마신 기운으로, 혹은 다음 날 끔찍한 숙취로 후회하며 남긴 기록들이다.

나는 캘리포니아를 떠나 멕시코를 거쳐 텍사스로 향했다. 스스로 〈와일드 번치〉[24]의 여자 버전이라 여기며 흥분되고 자유로웠지만, 남부 멕시코 해안에 머물 때 내 안의 문제와 충돌했다.

나는 태평양 연안의 작은 어부 마을에 머물렀다. 열대 해안에 오두막 형식의 레스토랑이 있고, 4달러로 호텔에서 하룻밤을 묵을 수 있는 곳이었다.

R이 과달라하라까지 나를 만나러 왔다. 그때의 추억을 떠올리면 아련한 향수를 불러일으키는 포토샵 효과가 들어간다. 완벽한 노을을 배경으로 한밤중까지 수영하던 끝없는 꿈속의 젊은 날이었다.

---

24 The Wild Bunch, 선과 악으로 대변되는 기존의 서부극을 재해석한 수정주의 서부극의 걸작으로 꼽히는 영화다.

때로 기억은 거짓말을 한다. 읽기조차 힘든 그때의 일기는 심각한 위험에 빠진 누군가가 휘갈겨 쓴 것이다. 모험과 혼돈의 절망 사이를 미적거리는, 자신의 슬프고 텅 빈 드라마를 이해하기엔 너무나 어린, 혹은 성숙하지 못한 누군가의 일기였다.

나는 '변해야만 한다'라고 썼다. 그리고 '나는 지금 멕시코 남부에 있고 하는 일이라곤 매일 울다가 술을 마시고 진정제를 먹는 것뿐이다'라고도 썼다.

일주일 뒤, 당시의 기록은 이런 문장으로 끝난다. '때론 내가 쓰는 것들만이 내 눈에는 진짜처럼 보인다.'

수십 년이 지나고 이 문장을 읽은 나는 소름이 돋았다. 이 닳아 빠진 검은색 가죽 일기장이, 조악한 시와 뻔한 문장들로 채워진 이 일기장이, 그 어떤 남자나 여자보다 내겐 닻과 같은 존재였던 것이다.

그날 밤 해변에서 싸운 뒤, 일기장에는 R이 내게 '넌 너 자신에 대해 너무 몰라서 아무 일도 저지르지 못해'라고 소리쳤다고 쓰여 있다. 그가 이런 말을 했었다는 게 기억나진 않지만, 지금 많은 걸 설명해 준다. 그게 맞는 말이었겠지. 나도 잘 모르겠다.

몇 달 뒤, 나는 R을 떠났고, 오스틴으로 돌아가 한 여자와 어울리기 시작했으며, 그녀를 믿었고, 좋든 싫든 그녀는 내 삶을 구했다.

내 안의 어떤 힘을 나눠 주는 일은 언제나 도박 같았다. 누군가에겐 자연스럽거나 쉬운 일이고, 누군가는 현명한 선택을 했으며, 관계 속에서도 자신을 잃지 않았다. 나는 그때만 해도 그런 인물이 못 되었다.

지금 생각해 보면, M은 내게 폭풍우를 피할 안식처를 마련해 줬고 충분히 머물며 안정감을 되찾게 해 줬다. 나는 편안하게 머물 장소를 찾았다고 느꼈다. 하지만 그것도 오래 가진 않았다.

나는 20대의 대부분을 성장하기도, 사라지기도 하며 보냈다. 전형적인 20대의 모습일 수 있지만, 관계의 궁핍 속에 머무는 내겐 힘든 일이었다. 하지만 그녀는 나를 믿어 줬고, 그 믿음은 당시 내게 과분한 선물이었다.

어느 날 밤, 스카치위스키와 와인을 어마어마하게 마신 뒤 그녀가 내 말을 끊더니 말했다. "너는 왜 지적으로 퇴행하려고만 하는 거야?" 왜 그리 자신을 무너뜨리고 태워 버리냐는 의미였다.

그 질문은 나를 흔들어 깨웠다. 마치 내가 깨닫지 못하고 인정하지 못했던 걸 그녀는 알고 있는 듯했다.

나는 지루한 상태로 부랑하며 꿈도 없이 밑바닥을 전전하는 가짜 혁명가였고, 그녀는 그 모든 걸 꿰뚫고는 내게 꼭 필요한 질문을 던진 것이었다.

우리는 서로에게 지독히도 심한 말을 내뱉고, 서로를 배신하고, 너무 많은 술을 마시다 나쁘게 끝나 버렸지만, 그날 밤 그녀가 나의 조용한 적을 언급해 준 데 대해 항상 고마움을 느낀다. 그건 아마도 내 안의 두려움이었을 것이다. 그날 이후 나는 내 삶을 단단히 붙들어야겠다고 느낄 만큼 충분한 힘이 생겼다.

하지만 그녀와 헤어지고 한동안은 죽을 것만 같았다. 참나무 한 그루가 도끼에 찍혀 버린 느낌이었다. 물리적인 고통이 느껴졌고, 때론 숨쉬기조차 힘들었으며, 그럴 때마다 위스키를 들이마시고 담배를 피워 댔다. 수영장을 몇 바퀴씩 돌거나 끝없는 무용담으로 많은 친구를 지루하게 만들었다.

매우 이상적인 동시에 실망스럽게도, 내가 알아낸 사실은 세상 모든 페미니즘은 정신적 사랑으로부터 당신을 보호하지 못한다는 사실이다.

그쯤 나는 오스틴의 한 작은 아파트에 혼자 살고 있었고, 어느 봄날 저녁 베란다에 앉아 (당연히) 백포도주를 한 잔 곁들인 완두콩 페투치니를 먹고 있었다.

나는 그날 먹은 콩과 값싼 와인 그리고 나무 너머로 펼쳐진 풍경을 강렬하게 기억한다. 외롭고 슬펐지만 마침내 괜찮아졌고, 앞으로도 괜찮을 거란 사실을 알았다. 그리고 그 조용한 저녁, 나

자신과 눈앞에 살아 있는 참나무만으로 의미가 가득했다. 앞으로 내 삶의 이야기가 어떻게 흘러가야 하는지 말해 주는 듯했다.

나는 멀리 떠나갔다. 이 시기의 내 삶에서 벗어나기 위해 아주 오랜 시간 먼 길을 갔고, 오랜 기간 위험에 빠지고 갇혀 있는 악몽에 시달렸다. 나는 절망 속에서 이성애자가 되었던, 혹은 단지 나쁜 선택을 했을 뿐인 나를 탓했다.

나는 나의 자유 낙하가 여성들과의 관계와 연관이 있다고 믿기도 했다. 급격히 친밀해지고 감정적으로 연결이 되지만 갑자기 물속으로 뛰어들고 마는 경향이 있었다.

하지만 내 생에 두 번 정도는, 한 여자를 만났을 때와 몇 년 뒤한 남자를 만났을 때, 한 번은 진탕 마셨다가 다음에는 정신이 멀쩡했을 때, 그러다 결국 영혼을 파괴하는 사랑에 공통점이 있다는 사실을 마주했다.

그건 바로 나였다. 햄릿은 오필리아에게 수녀원을 들먹이는 대신 이렇게 말했어야 했다. "치료 받으러 가시오."

나는 이제 나이가 들었고 더 현명해졌으며 더 이상 잘못된 곳에서 올바른 걸 찾지 않는다. 젠더와 사랑에 관해 이렇다 할 의사를 밝히기엔 너무 많은 예외를 봐 왔다.

하지만 나의 고전적인 관점으로 볼 때, 여성과의 관계는 근본적으로 차이가 있었다. 여성들에겐 상호 배려와 다정한 태도가 있는데, 남성과의 관계에서는 꿈도 못 꿀 일이다.

우리는 서로를 인정하며 걸어온 길을 잘 알고 있다. 감정을 개방할 때도 위협이나 자아 투쟁이 필요 없다. 우리는 오랫동안 인간의 심장에 물을 나르는 일을 해 왔으니까 말이다.

나는 수년간 이 사실을 믿어 왔고 믿고자 했다. 데이터가 항상 이런 희망이 옳다고 말하진 않더라도, 때로 외로운 미치광이들이 다시는 내가 사랑을 하거나 위험을 감수하지 못하게 할지라도 말이다.

그래도 나는 한 작가를 만났다. 나는 그녀의 글을 좋아했고, 출신 지역만 달랐지 그녀는 꼭 나와 같았다. 그녀는 마치 내가 오랫동안 한 번도 웃지 않았던 것처럼 웃게 해 줬다.

우리는 해변에서 같이 뛰노는 강아지들 같았다. 이런 생각이 들었다. '그래, 이런 느낌이야. 행복과 자유 그리고 완벽한 편안함이란 이런 거야.' 한동안은 정말 그런 느낌을 만끽했다.

그녀와의 관계는 나의 마음을 치료했다. 그건 연애 감정이었다. 그 관계가 그리 오래가지 않았다고 말하면 실패했다는 의미 같지만, 물론 우리의 관계는 실패한 게 맞지만, 사실 결론은 그 반대였다.

내 생각에 우리의 관계는 성공적이었다. 우린 당시 각자에게 필요했던 부분을 정확히 얻었고, 우리가 필요로 했던 것 중 일부를 회복하는 사랑을 했다. 단 한 명의 사상자도 내지 않고 관계가 끝났다.

이 이야기를 슬프다고만 할 수 없다. 종잡을 수 없는 사랑과 고요 그리고 사랑과 열병의 기간이, 마침내 다른 플라토닉 사랑이 되고 다른 사랑과 고독을 만들어 낸다. 때로는 끔찍했고 내향적인 사람에겐 종신형과도 같았지만, 또 어떤 밤에는 기이하고 과감했으며 혹은 있는 모습 그대로였다.

하지만 여성운동이라는 덮개 아래서 나처럼 나이를 먹어 온 여성이라면 이것이 평범하게 느껴질 것이다. 우리는 전통적인 남녀 관계를 더 이상 참지 못해 밖으로 걸어 나왔고, 결혼과 모성 그리고 현상이 시키는 대로 하는 대신 다른 선택지에 따라 행동했다.

우리는 온전히 사랑과 힘 그리고 원하는 걸 바탕으로 선택했으며, 그런 자유가 초능력처럼 느껴졌다. 우리 중 누군가가 결국 혼자된다는 사실은, 좋든 나쁘든 우리가 쟁취한 승리의 부산물 같은 것이었다. 의도치 않았더라도, 때로는 가슴 저미는 결과의 법칙이었다.

나는 모두가 조금씩은 깨졌다는 것 또한 알고 있다. 그게 어떤 종류건, 사랑의 임무는 힘들게 어딘가에 닿아 깨진 부분을 메우는 거라는 사실도 안다.

상처에도 불구하고 당신은 어떻게 사랑하는지를 배우면 되고, 강력 접착제와 기도문을 품고 계속해서 사랑하면 된다.

이곳에서 벗어나기로 했다

Bright Precious Thing:
A Memoir by Gail Caldwell

"우리가 자네를 망쳐놓기 전에
여기서 벗어나게."

1970년대 후반, 오스틴. 나는 인생을 구하고자 대학원으로 돌아갔다. 픽업트럭을 몰고 다니던 나는, 남자 교수들과 언쟁을 벌이고 토론식 수업에서 문제를 일으키는 건방진 마르크스주의자로 명성이 자자했다. 하버드와 예일 출신의 몇몇 백인 남성 교수가 이끄는 학과에서 건방지다는 소리를 듣는 건 아주 쉬운 일이다. 교수들 모두가 진보주의자라는 자아 인식으로 우쭐댄다. 나는 학자들의 딱딱하고 거북한 성미와 경쟁심에 질겁하고, 나 또한 쉽게 경쟁심에 불타는 성격이란 사실을 알게 됐다.

나는 한 여성과 동기 중 다른 남자 교수와도 만나면서 두 연애에 모두 진절머리가 난 나머지 이 모든 것에서, 텍사스에서, 사랑에서, 학문의 길에서 벗어나고 싶어 안달이 났다. 석사학위 논문 주제를 정해야 할 시점이 되자, 1930년대에 활동한 노동자 계급의 여류 작가들을 파헤쳤다. 나는 이 여성들(테스 슬레싱어(Tess Slesinger), 메리델 르 수에르(Meridel Le Sueur), 틸리 올슨(Tillie Olsen)이 제일 기억에 남는다)에 관해 길고, 맹렬하고, 비판적이고, 엉성한 이론을 펼쳤다. 그러고는 논문 쓰기가 얼마나 따분한지와 내가 캠퍼스 안에서가 아닌

밖에서 일하는 비평가가 되길 원한다는 사실을 깨달았다. 하지만 그러려면 우선 고등교육이라는 기차에서 내려야 했다. 일단 네 명의 논문 심사위원에게 초안을 보여 줬다. 심사위원은 모두 남성이고, 다들 날 응원하면서도 충성을 요구했다.

캠퍼스를 두 번이나 가로질러 이 사무실과 저 사무실을 오가며 다양한 의견에 흥분되기도 긴장하기도 했던 그날, 술이 마시고 싶다는 생각뿐이었다. 그 순간, 드넓기로 유명한 5만 평에 이르는 캠퍼스의 본관 앞에 갑자기 멈춰 섰다. 십여 년 전 찰스 휘트먼[25]이 올랐던 시계탑이 보이는 그곳에서, 〈요한복음〉 구절이 새겨진 입구를 바라봤다. "진리를 알지니 진리가 너희를 자유케 하리라"[26] 열 살쯤 처음 여기에 섰던 나는, 이 구절에 소름이 돋았다.

나는 단순히 진리를 구하는 데서 그치지 않고, 진리(veritas)에 동조하기 위해 인정받길 희망하며, 그것을 좇고 있었다. 수개월 동안이나 여류 작가들의 잊힌 목소리에 관해 논문을 써 놓고, 이제 와 힘을 쥔 네 명의 남성에게 도장을 받으려고 안간힘을 썼다.

한두 해 전, 그중 한 명의 말이 떠올랐다. "우리가 자네를 망쳐 놓기 전에 여기서 벗어나게." 나는 벗어나기로 했다.

---

25 Charles Whitman, 1966년 8월 1일 텍사스 오스틴 대학교에서 총기 사건을 일으켰다.
26 〈요한복음〉 8장 32절.

11

퓰리처상 수상 소식

Bright Precious Thing:
A Memoir by Gail Caldwell

나는 진솔한 열정으로 그림을 그렸다.
내가 몰랐던, 하지 못했던 이야기를 그려 내고 싶었다.

1981년, 보스턴

어두운 공간. 이곳은 진짜 정신과 의사의 진료실로 영원히 내 기억 속에 남을 것이다. 그동안 치료사들에게 상담을 받은 적은 있었다. 둘 다 여자였고, 상냥했으며, 텍사스에서 지낼 당시 인생이라는 드라마에서 똑바로 걸어갈 수 있도록 옆에서 도움을 주는 심리 전문가들이었다.

하지만 이번에는 처음으로 의사 면허를 가진 진짜 정신과 의사를 찾았다. 이제 막 서른이 된 나의 순진한 눈에는 너무 진지해 보이고, 무뚝뚝하며, 이전 상담사들이 주던 밀라노 쿠키 따위도 주지 않는 그런 의사였다. 그렇게 우리는 병원에서, 심지어 유명한 보스턴 병원에서 만났다. 웃을 거리라곤 전혀 없었다.

그녀는 젊고 말이 없었다. 변변찮은 말들로 나를 소개하고 나니, 그녀는 내게 왜 왔는지 물었다. 나는 그저 어깨를 한 번 으쓱하고는 구부정하게 앉아 있었다.

나는 내 안의 비극적인 감정에서 헤어 나오지 못하고 있었다. 모든 게 정말로 괜찮다고, 나는 말했다. 나는 단지 어떻게 해야 자멸적인 삶의 태도에서 벗어날 수 있을지 알고 싶었다.

그녀는 아무런 반응이 없었다. 몸을 움찔하지도, 나를 향해 몸을 앞으로 내밀지도 않았다. 그저 "몇 번이나 시도했어요?"라고 질문을 던질 뿐이었다.

나는 그녀의 질문에 조금 당황하다 이내 아연실색하고 말았다. 그녀는 내가 자살 시도를 했다고 생각했다. 자멸이라는 표현을 있는 그대로 이해했다. 나는 해명했다. "아니요! 그런 뜻이 아니라, 죽을 만큼 담배를 피우고 술을 마셔 댄다는 거예요."

그러곤 아무 기억도 나지 않는다. 상담 시간이 끝나기까지 어떤 단어와 느낌, 계획이 오갔는지 모르겠다. 그녀는 내가 술에 취하지 않은 상태로 정신이 멀쩡하기 전에는 상담을 진행하지 않겠노라 말했을 뿐이다.

나는 상담을 하지 못할 것 같다고 말했던 게 기억난다. 그건 사실이었다. 나는 한 해 천만 원이 조금 넘는 돈으로 겨우 먹고사는 프리랜서 작가였다.

한편으론 상담받을 수 없다는 사실에 마음이 놓였다. 그녀는 내가 술을 끊는 문제를 열외로 취급하는 듯했다. 그 당시 나의 삶에서 술을 끊는 일이란, 의심의 여지없이 절대로 일어날 수 없는 일이었으니까. 술이야말로 내게 산소이자 물이었다.

그로부터 3년 후 산소가 독이 되고 끊느냐 죽느냐의 문제가 되었을 때가 되어서야 나는, 마침내 술을 멀리하고 멀쩡한 정신을 되찾았다.

이후 그 정신과 의사를 다시 만난 적은 없고, 거의 40년이라는 세월이 흐른 지금 그녀의 이름이나 소재도 정확히 알지 못한다. 하지만 당시 내가 하지 못할 걸 알아채고도 말해 준 것에 대해 감사의 인사를 전하는 상상은 해 본다.

그녀의 진지한 태도에 고마운 마음을 전하고 싶다. 고통받는 젊은 여성이 방어막을 잔뜩 두르고서 자신의 진료실에 찾아올 만큼 깊이 갈등하는 모습을 그녀는 봤을 것이다.

나의 경솔한 말들은 도움을 요청하는 외침으로 들렸을 것이고, 늦든 빠르든 의식하든 의식하지 않든 '자멸'이 결국 같은 종착지를 향해 나아간다는 사실도 이해했을 것이다.

오랜 시간이 흐르고서야 나는 그 연관성을 언뜻 이해할 수 있었다. 오랜 시간 나는 내가 결코 자살 시도를 한 적이 없다고, 단지 될 대로 되라는 식으로 마시고 우울했으며 현실에서 도피하기 위해서 뭐든지 했을 뿐이라고 여겼다.

진짜 치료를 받기 시작했을 무렵, 나는 술을 끊은 지 5년이 지나 서른여덟이 되었다. 나의 상담 치료사는, 무모하게도 청소년

때 알게 된 술이 나의 삶을 구했을 거라고 말했다. 술 덕분에 우울증을 피해 갔으며, 어쨌든 나를 성장하게 해 준 임시방편이었을 거라고 말이다.

그는 부드럽고 천연덕스러운 유머 감각을 지닌 정신과 의사였다. 내 삶을 이끌어 온 모든 스릴의 위험과는 정반대되는 사람이었다. 그는 알코올중독은 물론이고 자살로 생을 마감한 경우가 많은 내 가족력도 알게 되었다. 내가 술을 끊었다는 사실을 알고는 나를 절벽에서 멈춰 세울 만큼 강력한 초자아가 있었다는 것도 언뜻 알아챈 듯했다.

그는 내가 나를 믿는 것보다 훨씬 더 강하게 나를 믿어 줬다. 그때는 아직 나를 잘 몰라서 그렇다고 생각했지만, 돌아보면 그의 비전과 이해심에 대한 감사가 넘쳐 난다.

내가 갖지 못한 희망, 그는 가져다 줬다. 내가 자기 비난에 빠져 있을 때, 그는 너그러움으로 나를 봐 줬다. 무엇보다도, 그에겐 견고함이 있었다. 폭풍우가 몰아치는 한가운데서도, 그의 눈에는 선함이 담겨 있었다.

나와 그는 다시 집을 지어 나갔다. 내가 울면 그가 곁에 머물고, 내가 공황 상태에 빠지면 그는 깊은 숨을 내쉬었다. 그의 눈은 언제나 나를 향했고, 내가 스스로 무엇을 원하는지 모를 때도 혹

반짝거리고 소중한 것들

은 내가 분노하거나 절망에 빠지고 과거의 방에서 헤어 나오지 못할 때도 그는 항상 그 자리에 가만히 있었다.

나는 토끼 굴에 빠진 이상한 나라의 앨리스처럼 내가 시작한 이 신비로운 과정에서 되도록 많은 걸 읽어 냈다. 우연히 앨리스 밀러(Alice Miller)의 책 《천재가 될 수밖에 없었던 아이들의 드라마(The Drama of the Gifted Child)》를 접한 나는 그림을 그리기 시작했다. 저자는 그림을 그리지 않았더라면 닿지 못했을 무의식의 영역을 그림이 드러내 줬다고 했다.

겨울에는 오후 내내 그림을 그리며, 흑연과 파스텔로 스케치를 하며, 지극히 평범하고도 무료한 시간을 보냈다. 치료사에게 내가 그린 그림들을 가져가니 그는 말을 제대로 잇지 못했다.

나는 비평을 직업으로 삼고 있지만, 글을 대상으로 비평을 하지 이미지를 대상으로 비평하지는 않는다. 그래서 그림을 그릴 때는 내 마음이 종이 위에 나가 노는 듯하다.

여기에 관찰자는 없다. 나는 아주 많은 묘지를 그리고, 잠긴 울타리와 우는 아이 그리고 방안에 홀로 남아 그림 그리는 소녀를 그렸다. 설명을 요구하는 치료사의 질문에는 빈집에 바람이 불어 든다고 대답했다.

지금 그 그림들을 다시 떠올리면 기분이 좋다. 나는 진솔한 열정으로 그림을 그렸다. 내가 몰랐던, 하지 못했던 이야기를 그려 내고 싶었다. 그 그림들이 의미심장한 무언가를 말해 줬는지 여전히 잘 알지 못한다.

성인이 되어 비평가의 마음으로 생각해 보면, 그림들은 비극적 이미지의 파생물이었고 어릴 적 잠재의식이 표현하고자 했던 슬픔의 상징이었다.

다행히도, 그림에 대해 어떤 생각을 했는지는 전혀 중요하지 않았다. 중요한 건 그 치료사가 말을 제대로 잇지 못할 만큼 놀란 끝에 해 준 말이었다. "오 이런, 우리가 정말 엄청난 걸 끌어냈어요." 마치 어린이 심리 치료를 할 때 어린이가 손가락으로 그린 해와 달 그림을 냉장고 문의 제일 잘 보이는 자리에 붙여 주는 것과 같은 행동이었다.

아주 긴 시간 동안 그는 해였고, 나는 달이었다. 우리는 집을 아주 잘 지었던 것 같다. 우리가 나눴던 많은 시간이 지금도 흐릿하게 남아 있다. 성인기에 일어난 모든 중요한 일이 그 상담실에서 일어났다.

나는 처음 키우게 된 사모예드가 생후 9주가 되자 상담실에 데려갔다. 치료사는 사모예드에게 조그마한 갈색 곰 인형을 줬다. 사모예드는 곰 인형을 다 물어뜯어 버렸고, 나는 다 헤진 곰 인형을 집에 들고 왔다. 그로부터 13년이 지나 사모예드가 죽은 뒤, 재와 함께 곰 인형을 보관하고 있다.

우리는 수많은 죽음을 함께 맞았다. 무대 밖과 위에서 그와 나는 함께했다. 블라디미르와 에스트라공[27]이 되어, 처음부터 끝까지 모든 걸 서로에게 보고했다. 그를 두렵게 하는 건 아무것도 없었다. 조금 지친 기색을 보일 뿐, 그 어떤 것도 그를 두렵게 하지 못했다.

치료사는 나를 사랑했다. 그가 말하지 못해도 나는 알았다. 그는 수년 동안 경계들을 잘 표현한 위엄 있는 안무가였다. 줄 위에 선 남자였다. 애착과 공포 그리고 끔찍한 슬픔이라는 바람에 위아래로 요동치고 흔들렸어도, 우리는 결코 줄 위에서 고꾸라지지 않았다.

그는 화를 내려놓는 법과 독성 물질을 멀리하는 법을 몸소 보여 줬다. 그것들 없이 지내려고 노력하기 전까지만 해도, 내가 그것들을 갈망한다는 사실을 몰랐다.

그는 결코 그렇게 하라고 말하지 않았고, 심지어 권하지도 않았다. 대신 그는 힘이 어떤 모습인지 보여 줬다. 그건 사랑의 힘이

---

27 Vladimir and Estragon, 사무엘 베케트의 소설 《고도를 기다리며》에 나오는 주인공이다.

었고, 철저한 진짜의 모습이었다. 거기에 희생자는 없었다.

그의 소중한 아내가 죽었다. 나는 가슴이 찢어질 듯 울었다. 언제까지나 아무 일도 없을 줄 알았던 숲속 마법의 집에 누군가 커다란 돌을 던지기라도 한 듯, 나는 아이처럼 울었다. 그가 이 고통을 견뎌 내야 한다는 사실을 나는 견딜 수가 없었다.

나는 수년간 계속해서 그림을 그렸다. 그러던 어느 날, 인정사정없이 모든 그림을 내다버렸다. 잃은 건 없었다. 내가 그리면, 그가 반응했다. 그물을 던지니, 언젠가 내 마음을 담아 흘려보낸 병들이 건져져 올라왔다.

나는 승리보다는 고된 노력을 기억하려는 편이다. 힘겹게 언덕에 올라 꼭대기에서 뒤돌아보면, 승리는 수월하게 성취한 것처럼 보이기 때문이리라. 등반은 오래 걸릴 뿐 아니라 그 실상을 더욱 잘 보여 준다. 춥고 외롭고 포기하고 싶을 때, 당신은 몸을 일으켜 휘청거리면서도 계속해서 나아간다. 나머지는 뜻밖에 얻어지는 것이다.

타일러는 승리를 빼고서는 얘기하지 않을 거라고 한 친구가 일러 줬다. 그녀의 말이 옳다. 하늘을 나는 말에 올라탄 기사와 달리기 시합에 나가기 전날 밤 부러졌던 다리가 회복되는 일화 등, 타일러의 이야기는 승리로 가득하다. 그러니 나도 나의 이야기를 하나 해 보려 한다.

2001년 4월 이른 봄날 어느 금요일 오후, 〈보스턴 글로브〉에서 일하던 나는 편집장으로부터 내가 퓰리처상을 받게 되었다는 소식을 전해 들었다. 발표는 월요일이고, 나는 그때까지 절대 아무에게도 말하지 않겠다고 약속했다.

몇 시간도 채 지나지 않아 나는 약속을 깨고, 일요일까지 출장 중인 절친한 친구 캐롤라인과 텍사스에 계신 여든여섯의 엄마에게 소식을 알렸다. 하지만 당시 그 순간만큼은 너무나도 감동적이고 영광스러운 이 소식이 오롯이 나의 것이었다.

나는 믿기지 않아 마음을 진정시키려 찰스 강에 로잉을 하러 나갔다. 강은 텅 비어 있었고, 차갑고, 흐렸다. 한낮의 강에는 아무도 없었다. 나는 약간 혼미한 상태로 수상 전까지 주어진 시간에 감사하며 노를 젓기 시작했다.

매년 10월이 되면, 내가 다니는 이 보트하우스에서 주최하는 찰스 레가타(Charles Regatta) 로잉 헤드 레이스가 열린다. 마라톤 선수에게 보스턴 마라톤이나 뉴욕 마라톤 대회가 있다면, 로잉 선수에게는 찰스 헤드 레이스가 있다.

나는 4.8킬로미터에 이르는 대회 코스를 훤히 알고, 아주 절제

된 스타일로 결승선을 표시한 콘크리트 기둥이 어디에 있는지도 안다. 대부분 세계적인 로잉 선수들인데, 그들에게 그 기둥은 스톤헨지의 축소판이나 다름없다. 가을만 되면 흥미진진하게 레이스를 관람하면서도, 기술이 부족해 직접 출전하지는 못했다. 나는 너무 느리고, 작다.

하지만 오늘만큼은, 주변에 아무도 없으니 경주 코스의 일부를 가 보기로 한다. 나는 보트를 돌려 결승 구간을 향해 나아갔다. 그리고 마지막 약 20미터에 이르는 구간에서는 평소 좀처럼 발휘하지 못하는 능수능란한 실력으로 노를 저었다. 텅 빈 강에서 결승 지점을 통과한 나는, 한 손을 치켜 올려 승리를 표현했다.

이 기억을 아끼는 이유 중 하나는, 캐롤라인이 살아 있을 적에 있었던 일이기 때문이다. 내가 이날의 일을 말해 준 사람은 캐롤라인밖에 없었다. 그로부터 거의 정확히 1년 뒤 캐롤라인이 폐암 4기라는 사실을 알게 되었고, 7주 뒤 그녀는 죽었다. 그녀는 거우 마흔둘이었다.

하지만 2001년 봄날까지만 해도 우리는 함께 로잉을 하고 웃고 떠들며 언젠가는 같이 헤드 레이스에 나가자고 말했다. 우리는 눈앞에 놓인 모든 세계와 시간을 다 가졌다고 생각했다.

어느 여름날 오후, 타일러가 내게 초보 요정 훈련을 시켜 주겠다고 설득했다. 튤라는 현관에서 코를 골며 자고 있었다. 걷기에는 바깥 날씨가 너무 뜨겁고, 수영하기엔 너무 일렀다.

요정의 세계를 배워 보는 게 뭐 어때서? 이내 나는 연꽃처럼 몸을 웅크리고 소파에 앉아 두 눈을 감았다. 타일러는 내가 슬쩍 눈을 뜨면 팔꿈치로 나를 쿡쿡 찔렀다.

나는 숙제로 《오디세이아(Odyssey)》를 읽어 와야 했다. 타일러가 내 책장에서 마음대로 고른 책이다. 아마도 가장 육중해 보이는 책을 골랐을 것이다.

그녀는 훈련에 있어 몇 가지 중요한 사항을 일러줬다. "첫째, 마법을 악한 목적에 사용하면 안 돼요. 둘째, 세 가지 소원을 빌 수 있는데, 더 많은 소원을 빌게 해 달라는 소원도 괜찮아요. 셋째, 낮잠을 자게 해 달라는 소원은 안 돼요." (내 생각엔 타일러가 조금 졸린 것 같다)

우리는 소파 위에서 무릎을 맞대고 앉아, 언젠가 그랬던 것처럼 아주 조용히 있었다. 나도 모르게 행복하고 꿈같은 공간으로 빠져들었다. 한참 후, 타일러가 극적이고 낮은 목소리로 "이제 눈을 뜨세요"라고 말했다.

눈을 떠 보니, 그녀는 바로 내 옆에 붙어 서서 눈꺼풀을 파르르

떨며 돌처럼 굳어 있었다. 퇴마사 같기도 하면서 전혀 무섭지는 않은 목소리로 그녀가 말했다. "제 이름은 선샤인이고 나이는 천 살입니다. 어디서든 나를 부르면 당신에게 갈게요. 잠들어 있더라도 부르면 찾아가겠어요."

나는 자세를 풀고 타일러에게 팔을 둘렀다. 그 누구도 이 어린 아이의 자의식을 걱정할 필요가 없다. 그녀는 자신이 전 우주와 연결되었음을 이미 느끼고 있다.

12

유명한 남자 작가와의 이야기

Bright Precious Thing:
A Memoir by Gail Caldwell

나라는 여성은
선을 넘고 나를 모욕하고 은밀하게 나를 취하려고 한
거만한 문학 거장을 보호하려고 애썼다.

1985년 〈보스턴 글로브〉에 비평가로 취직할 당시, 일곱 명의 편집장들과 첫 면접을 봤다. 그때 질문 중 하나는, 매일 대도시에서 일할 수 있는지에 관한 것이었다. 〈보스턴 글로브〉 지도부는 너무나 거대한 나머지 생각만 해도 키보드 앞에서 손이 굳어 버렸다.

나는 대학에서 강사 생활을 했고, 대안 잡지사에서 프리랜서로 일한 경험이 있었으며, 그때까지는 하나의 글을 마감하기까지 며칠 혹은 몇 주의 시간이 주어졌다. 긴박한 마감 기한에 맞춰 글을 써낼 수 있을까? 현장에서 기사를 내보낼 수 있을까?

나는 마른침을 삼킨 뒤 물론 할 수 있다고 답했지만, 그건 확신만으로 엄포를 놓은 것에 불과했다. 지금껏 나는 그렇게 빨리, 그렇게 많은 글을 써 본 적이 없었다. 한 해가 지나고 일주일간의 국제 펜클럽[28] 회의가 뉴욕에서 열렸을 때, 나는 발 빠르게 취재를 나갔다.

서른넷이었던 나는 맨해튼 중심가의 호텔 로비에서 토니 모리

---

28 PEN International, 국제 문인 단체로 세계 각국 작가들의 우의를 증진하고 상호 이해를 촉진하려는 목적으로 설립되었다.

슨(Tony Morrison), 귄터 그라스(Günter Grass), 그레이스 페일리(Grace Paley), 살만 루슈디(Salman Rushdie) 같은 작가들과 뒤섞여 있었다. 그 공간은 유명한 작가들로 복작거렸다. 1930년대에 작가들의 회의가 열린 이후 50년간 이런 기회가 없었기에, 나는 이번에 제대로 해내자고 마음을 먹었다.

나는 날마다 기사를 내보냈고, 노먼 메일러(Norman Mailer)가 당시 국무장관인 조지 슐츠(George Shultz)의 등장에 항의했을 때처럼 큰 뉴스거리가 있을 때면 두 번씩 기사를 보내기도 했다. 수기로 기사를 작성하고 저녁이 되면 공중전화로 가서 근무 중인 편집자에게 일일이 다 읽어 줬다. 마치 로이스 레인[29]이라도 된 기분이었다.

행사의 마지막 밤 근처 유명한 스테이크하우스에 간 나는, 웨이터에게 어떤 메뉴가 괜찮은지 물었다. 내가 특정 소고기 부위를 언급하자 웨이터의 눈초리가 약간 미심쩍었고, 나를 시골에서 온 풋내기쯤으로 여기는 듯했지만 그러든 말든 나는 그 메뉴를 주문했다.

웨이터가 곁눈질할 땐 다 이유가 있는 법이다. 나는 새벽 세 시쯤 잠에서 깨어나 무거운 몸을 겨우 일으켰다. 식중독 증상의 시

---

29 Lois Lane, DC 코믹스 '슈퍼맨 시리즈'의 등장인물로 메트로폴리스의 〈데일리 플래닛〉에서 기자로 활동한다.

작이었는데, 지금 떠올려도 그 끔찍한 고통을 어떻게 참아 냈나 싶다. 몇 시간 동안 움직일 수 없을 만큼 아팠다.

하지만 오전 열 시에 마리오 바르가스 요사(Mario Vargas Llosa)의 폐회 연설 일정이 있었고, 그걸 녹음해야만 보스턴에 돌아가 마지막 기사를 작성할 수 있었다.

나는 아래층으로 겨우 내려가 모퉁이에 마련된 델리 코너에서 쌀 푸딩과 차로 허기를 달랜 뒤, 대연회장 안으로 들어갔다. 그리고 마지막으로 기억나는 건, 내가 연사의 목소리를 녹음하기 위해 녹음기를 공중으로 높이 올렸던 것뿐이다.

정신을 차려 보니, 대연회장에서 내 옆에 있다가 내가 쓰러지는 걸 목격한 친절한 여성분과 뉴욕시 구조대원들에게 둘러싸여 여성 전용 라운지 바닥에 누워 있었다. 그 여성분의 말인즉슨, 내 얼굴색이 새파랗게 변하더니 갑자기 정신을 잃고 쓰러졌다고 했다. 나는 식중독에 걸린 것 같다고 설명했다.

지난밤에 떠날 채비를 하며 짐을 다 싸 두었는지 기억도 나지 않았지만, 누군가 호텔에 대기 중이던 응급차에 나와 캐리어를 모두 싣고 맨해튼 중심가에 있는 의원으로 데려갔다.

그날 의원 검사실 창문으로 비쳐 들던 눈부신 볕, 인상을 찌푸리며 검사실에서 나가던 간호사의 표정이 아직도 눈에 선하다.

그러고는 의사가 내 얼굴에 가까이 대고 지나치게 친절한 목소리로 뭐라고 속삭였다.

나는 너무나도 고통스럽고 탈수 증상에 시달리면서도, 뭐가 잘못돼서 이 지경에 이르렀는지는 잘 알고 있었다. 구급대원과 호텔 관계자들 그리고 간호사에게도 내가 상한 스테이크를 먹고 식중독에 걸렸다고 말했다.

의사는 뭔가를 말할 때마다 귀에다 대고 다정하게 속삭였다. "콤파진(Compazine)을 한 대 맞으면 좀 괜찮을 거예요. 주사를 놔 드릴까?" 그 목소리는 너무 부드럽다 못해 오싹했다. 마치 날 춤추게 할 마법의 묘약이라도 가진 사람 같았다.

나는 강력한 구토 억제제로 메스꺼움을 즉시 진정시켜 주는 콤파진에 대해 알고 있었기에, 신음을 내뱉으며 겨우 고개를 끄덕였다. 그러고는 책상 끄트머리에서 의사의 목소리가 들려왔고, 이내 그는 내 무릎 사이에 서 있었다. "이제 골반 검사를 해 봐야겠어요."

나는 잠들었다. 또다시 얼굴 가까이서 목소리가 들려왔고, 그는 내 허리에 손을 얹었다. "여기서 자도 괜찮아요. 간호사도 곧 퇴근할 테니 원한다면 여기 계속 있어요."

나는 허둥지둥 정신을 차리고, '여기서 당장 나가야 해'라는 생각 하나로 간신히 몸을 일으켰다. 너무 힘이 없어서 걷기조차 힘들었다. 나는 주저앉아 주섬주섬 옷을 챙겨 입고는 가방을 들고 눈부신 볕이 내리쬐는 곳으로 휘청거리며 걸었다.

의원 대기실은 텅 비어 있었고, 의사는 거의 하소연하듯 나를 불러 댔다. 나는 뒤도 돌아보지 않고 계속 걸었다. 건물에서 나와 10초 안에 택시를 잡아타고 라과디아 공항으로 향했다. 생각할수록 불가사의한 사건이다.

친한 친구가 보스턴에서 산부인과 의사로 일했다. 며칠 뒤 뉴욕에서의 일화를 친구에게 얘기했더니, 그녀는 이마를 찌푸렸다. 표정을 가만히 살펴보니, 그녀는 최대한 평정심을 유지하려고 애쓰고 있었다. 그녀는 나를 안심시키려고 "혹시 창자천공인지 확인하려고 했던 게 아닐까?"라고 묻고는 이렇게 덧붙였다. "그런데 그건 지나치게 확대해석한 경우이긴 하지."

의원에서 진료 영수증이 날아왔다. 회사에다 비용 청구를 하면 간단한 일이었다. 하지만 나는 영수증을 내다버렸다. 이후 그 의사는 아무런 소식이 없었다.

우리는 인적이 드문 해변을 걷고 있었다. 그 '유명한 작가'와 나, 단 둘뿐이었다. 나는 '유명한 작가'를 인터뷰하기 위해 그의 여름 별장까지 찾아갔다. 이야기를 나눈 첫날, 개와 산책과 수영이라는 공통 관심사를 알아냈다. 그가 좋은 곳을 안다며 내일 함께 가자고 했다.

그는 귀여운 반려견 리트리버 두 마리를 차에 태우고, 내가 숙소에 머무는 탓에 개들뿐 아니라 내 수건까지 다 챙겼다며 나를 안심시켰다.

수영은 괜찮았다. 구름 한 점 없는 하늘 아래서, 차갑지만 상쾌한 늦여름의 바다를 만끽했다. 나는 여행을 다닐 때면 언제나 수영복을 챙긴다. 바다나 연못 등에 들어가려고 검은색 레이싱 슈트 두 벌과 고글, 모자 여벌도 잊지 않는다.

우리는 서로에게서 떨어져 30분쯤 헤엄치고 난 뒤 물에서 나왔다. 그는 내가 앉을 수 있도록 바닥에 수건을 깔아 뒀다.

모래사장을 향해 걷던 나는 수건이 한 장만 깔려 있다는 사실을 알아차렸다. 그가 나보다 20년이나 더 산 90킬로그램짜리 몸뚱이로 나와 10센티미터 거리를 두고 수건 위에 앉더니, 다정한 미소를 지으며 바다를 바라봤다. 이곳은 프라이빗 해변이라, 일부 상류층만 드나들 수 있었다.

"여기 이 넓은 해변에 우리밖에 없는 거 알아요?" '유명한 작가'가 정면을 응시하며 내게 말했다. "여기서 한 시간을 더 있어도 사람 구경하긴 힘들 걸." 그러더니 내게 조금 더 가까이 다가왔다.

나는 수개월을 들여 이 인터뷰를 성사시켰다. 그의 출판사 인맥을 맴돌았고, 그가 에이전트와 통신 휴전 기간을 갖는 동안에도 경솔하게 연락을 취했으며, 다른 언론에서는 몇 주간 따내지 못할 인터뷰 약속을 잡았다.

우리는 오후의 그림자가 비쳐드는 서재에 몇 시간 동안 앉아서 가족과 절망, 예술과 술 그리고 하루하루 살아갈 가치가 있는 삶에 관한 이야기를 나눴다.

나는 보스턴으로 돌아가 이 엄청난 인터뷰를 토대로 득의만만하게 글을 써낼 터였다. 그 '유명한 작가'가 자기만족에 빠져, 아주 정중한 태도로 추근대기 전까지만 해도 그럴 계획이었다.

우리는 말없이 앉아 있었고, 그의 행동 때문에 나는 조금 당혹스러웠다. 나는 마른기침을 내뱉으며 "여기 정말 아름답네요"라고 말한 뒤 벌떡 일어났다. 그러고는 "물에 또 들어갈게요"라고 말하며 바닷물 속으로 한 걸음씩 발을 옮겼다.

10분이 흐르고 이 어색한 순간은 끝이 났다. 그는 낌새를 차리고 대수롭지 않은 듯 어깨를 한 번 으쓱했다. 마치 아내가 집에서 점심을 준비하는 동안 빨리 한번 해치울 수 있다는 걸 내게 알려주려고만 했다는 듯 말이다. 그의 자아는 훼손되지 않았다.

누구에게도 이날의 일을 말하지 않았다. 그 작가를 좋아할 뿐 아니라, 이야기가 꼴사납고 그에게 부정적인 영향이 있을지도 몰랐다. 내게 더 중요한 건 그의 아내와 자녀들이며, 그들이 상처받거나 당혹스러운 상황에 놓이길 원치 않았다.

몇 주 뒤, 그 작가를 아는 친구에게 이날의 일을 털어놓았다. 신중하다고 믿었던 그녀는, 놀랍게도 내가 자랑을 늘어놓는다고 생각했다.

인터뷰 기사를 내고 난 뒤, 나는 평정심을 유지한 채 사람들이 인터뷰의 깊이에 관해 평가하는 걸 지켜봤다. 그 작가가 한순간 잠시 위신을 잃었다가 되찾았던 수건 이야기는 뺐다. 나는 그를 존경하니까. 그리고, 정말로, 그런 일이 여성 저널리스트에게는 항상 일어나는 일이니까. 나 또한 대수롭지 않게 지나갔다.

그리고 인터뷰 기사가 나간 이듬해, 그 작가는 때때로 내게 연락을 취해 왔다. 또 다른 지역에 머물며 몇 번이고 정중하게 '수건 한 장'짜리 제안을 했다. "내가 태우러 갈 테니 드라이브 어때요?", 뭐 그런 식이다. 나는 불복하고, 거절하며, 바쁜 일정을 핑계로 댔다. 언제나 예의 바르게 상황을 모면했다.

수십 년이 지나도 이 일만 생각하면 열에 받친다. 분노의 일부는 나를 향한다. 항상 그랬듯, 결국 나라는 여성은 선을 넘고 나를 모욕하고 은밀하게 나를 취하려고 한 거만한 문학 거장을 보호하려고 애썼다.

지금 이 순간까지도 내가 절대로 이 이야기를 하지 않을 거라 생각했다. 누구에게도 도움이 안 되고, 중요할 이유도 없지 않은가? 언제나처럼 그냥 혼자 삼켜 버리고 시선을 돌리면 그만인 내면의 이야기일 뿐이었다.

그러다 나는 마흔을 넘기고 나서야 그때 했으면 좋았겠지만 당시에는 몰라서 하지 못했던 말들을 깨닫게 되었고, 지금에서야 진짜로 내뱉어 본다.

그때 수건 위에 가만히 앉아 전혀 미동도 하지 않은 채, 그가 그랬던 것처럼 바다를 응시했더라면. 그러고는 아주 조용히 "그거 아세요? 당신은 아마 모르겠지만, 여기서 진짜 힘을 쥔 사람은 저예요"라고 말했더라면.

"물론 당신은 저명한 작가고, 아주 정중한 태도로 저한테 추근대는 것뿐이겠죠. 저는 일개 비평가에 불과하고, 기사 하나에 목말라서 인터뷰 한 번 해 보겠다고 알랑거리고, 몇 시간 동안을 당신과 당신의 일에 관해 이야기하죠."

"하지만 중요한 건 말이죠, 내가 백만 부도 넘게 팔리는 신문사에서 일하고 있다는 것. 그리고 인터뷰 기사를 아직 쓰지 않았다는 사실이에요. 기사를 어떻게 쓸지는 제 손에 달렸죠."

그러고는 아무렇지 않게 자리를 털고 일어나, 개들을 쓰다듬고 나서 이렇게 말했더라면. "수영 정말 재밌었어요. 이제 점심 준비가 다 됐을 것 같은데요?"

13

조용한 땅에서 나를 위로하다

Bright Precious Thing:
A Memoir by Gail Caldwell

이토록 드넓은 시간의 바다에서
나의 상실은 물러지고 희미해진다.

오늘 아침 묘지를 찾았다가 코요테를 보았다. 불과 몇 미터 떨어진 곳에서 황갈색 윤곽이 드러났다. 갑자기 모습을 드러낸 코요테에 내 반려견은 놀라지도 않는 눈치다. 개의 후각은 우리가 오기 전 누가 이곳을 지나쳐 갔는지 이미 다 알고 있다.

우리 셋은 동시에 얼어 버렸다. 무심해 보이는 야생 코요테는 나름의 보호 위장술로 미동치 않았고, 그보다 5킬로그램 정도 더 나갈 듯한 개는 가만히 서서 코요테를 지켜봤다. 그리고, 포식의 정점에 있는 나는 이 장면을 기억 속에 아로새기고 싶어 가만히 있었다.

최근 몇 년간 코요테를 본 적이 없었다. 그러다 나는 순간의 정적을 깨고 개를 부른 뒤, 나무 작대기로 나무를 때려 달가닥 소리를 냈다. 코요테는 사라졌다.

타일러가 제일 좋아할 것 같다. 요즘 그녀는 온갖 야생 동식물에 푹 빠져 있다. 이 근처에서 코요테를 본 건 딱 한 번뿐이었다. 그동안 붉은 여우, 다람쥐, 들쥐를 봤고, 훤히 눈에 띄는 장소에서 막 새끼를 낳고 보금자리를 떠나지 못하는 토끼 한 마리도 봤다.

토끼가 너무 위험한 곳에 나와 있는 것 같아, 나는 토끼에게 다가가 손뼉을 치며 숲으로 몰려고 했다. 하지만 놀란 토끼가 아주 조금 몸을 피하자 양막에 싸인 새끼 토끼들이 모습을 드러냈다. 토끼는 새끼들을 지키느라 그곳에 있던 것이다. 모성 본능이 두려움을 이겼다. 새끼 토끼들이 그날 밤을 무사히 넘겼는지는 모르겠다.

나는 수년간 이 묘지를 찾았다. 처음에는 한가로이 거닐다 들른 곳이 지금은 성지순례 코스가 되었다. 어느 날엔가 나는 개와 산책을 하다 이곳까지 왔다. 하지만 그때는 텍사스에서 아빠가 돌아가시고 땅에 묻힌 뒤의 어느 겨울날이었고, 가장 친한 친구를 잃은 지 2년이 지난 시점이었다. 그 친구는 어디에도 묻히지 않았다.

지금에 와서 돌아보면, 그때 나는 갈 곳이 필요했다. 잃어버린 뭔가를 찾을 수 있는 곳 말이다. 나는 참전 용사 묘지 모퉁이의 담장에 기대서서 돌아가신 지 10년도 넘은 엄마에게 말을 걸기도 했고, 오늘날까지도 군인들의 묘비에 적힌 이름과 날짜를 보며 그들의 이야기를 상상해 본다.

묘지는 의미들의 예배당이다. 주로 산 자들이 남긴 헌사를 통해 이야기가 펼쳐진다. 어느 해엔가, 오랜 시간 함께 살았던 한 부부의 묘비 위에 검은색 하이힐 한 켤레가 놓여 있었다. 생일 풍선과 카드, 캐러멜 사탕도 놓여 있었다. 내가 주로 가는 두 무덤의 묘비 위에 나는 작은 돌멩이를 놓아두기도 했다.

강 건너편에서 보내는 산 자의 인사다. 이 묘비의 주인공들은 죽은 지 한 세기도 지났고, 매년 묘비 위가 텅 비어 있다. 하지만 나는 여러 해 이곳을 지나며 실낱같은 관심을 키워 왔으니, 이제 작은 돌멩이들을 남긴다.

나는 묘지에 오면 언제나 마음이 편했다. 여기서는 가림막을 충분히 걷어 내고 내가 잃어버린 것들에 마음을 단단히 매단다. 머물 곳이 없어 떠도는 비통함은 더욱 참담한 것 같다. 이곳은 온통 떠나고 사라진 사람들의 우주다. 이토록 드넓은 시간의 바다에서 나의 상실은 물러지고 희미해진다.

여기 오면 항상 보이는 사람들이 있다. 저 멀리 조류 관찰자와 언젠가 한 번 내게 길을 물었던 화가가 있다. 한 남자는 매일 같은 길을 나오는 반대 방향으로 걷는데, 우리는 미소를 지으며 고개를 숙여 인사를 나눈다. 나는 그를 두고 '걷는 그 사람'이라고 생각한다. 물론 그도 나를 그렇게 생각할 것이다.

사람들은 대부분 여기 오면 말이 없다. 남편 무덤 옆에 집이의자를 펴고 앉아 혼자 얘기하는 여자들을 두고 뭐라는 이도 없다.

세 번의 전쟁에 나가 싸운 참전 용사들과 아주 옛날의 뉴잉글랜드 사람들 그리고 너무 어릴 때 죽은 이들도 여기 묻혀 있다. 뉴잉글랜드 패트리어츠나 보스턴 레드삭스가 크게 이기는 날이면, 묘지에도 팀 모자나 우승기들이 올려 있다. 뉴잉글랜드 사람들에겐 그게 망자의 날(Día de los Muertos) 의식이다.

이곳의 모든 게 신성하게 느껴지곤 한다. 묘지와 인접한 운동장에서 아이들이 외치는 소리, 근처 찰스 강에서 승무원 코치가 메가폰에 대고 지르는 소리가 들려온다.

여기는 혼잡하게 이어지는 삶과 그 끝의 고요함이 교차하는 곳이다. 계속되는 논쟁도, 권력이나 살인 충동도, 더 이상 존재하지 않는다. 늑대와 어린양이 마침내 함께 누워 있다.

지난 2년여의 시간은 너무 끔찍했다. 너무 많은 변화가 있었고, 사회와 개인의 상처들이 드러났다. 이 세계의 비열함이 모습을 드러냈다.

내겐 이 조용한 땅, 바로 이곳이 필요하다. 비록 기억과 근거 없는 믿음에 국한된 것일지라도, 매일 한두 시간씩 나를 위로하는 곳이다.

14

격에 안 맞는 길로 향한 여자들

Bright Precious Thing:
A Memoir by Gail Caldwell

지리적으로는 텍사스에서 벗어났고,
내면적으로는 소명을 향해 나아갔다.

"얘, 그렇게 좀 하지 마. 그건 격에 안 맞아." 나는 아빠처럼 다리를 꼬거나 구부정하게 앉고 곁눈질을 하면서도, 엄마에게는 앞으로 그렇지 않겠다고 다짐하곤 했었다.

'격에 안 맞다'라는 말은 내가 더 구제불능이 되기 전까지는 엄마가 나를 꾸짖을 때마다 사용한 표현이었는데, 엄마도 점점 무심해져서 더 이상 꾸짖지 않게 되었다. 그 표현은 아마 엄마가 '우아함'이라고 불렀을 것을 위한 암호였다.

우아함이란 건 (좋은 자세를 위해) 머리 위에 책을 얹고 걷는 연습이라든지, (착한 여자아이처럼) 무릎을 붙이고 앉는다든지, 근육을 강화해 주는 정적인 운동에 사용하던 구호를 통해서도 얻어지는 것이었다("키우자! 키우자! 가슴을 키우자!").

엄마는 나의 행동이 '격에 안 맞다'고 꾸짖을 적에 결코 엄격하게 말하는 법이 없었다. 단지 당신이 아는 걸 내게 전해 주려 했고, 그게 엄마에겐 꽤나 어려운 일이었다.

1960년대 초반 텍사스 팬핸들에서 자란 10대 소녀에게는 헤쳐 나가야 할 장애물이 너무 많았다. 미니스커트와 짙은 립스틱은 물론 다리를 벌리고 앉아서도 안 되며 흡연, 욕설, 보드카 파티, 남자애들과 함께 뒷좌석에 앉는 것도 피해야 할 품행이었다.

나이를 먹고 보금자리에서 멀어져 갈수록, 장애물의 범위는 더욱 넓어졌고 모험은 더 위험해졌다. 마약, 히치하이킹, 거친 남성들, 거친 여성들, 작거나 큰 규모의 시위까지. 삶이라는 모든 풍경에는 부적절한 것들이 놓여 있었다. 처음엔 순진한 마음에, 그러다 간절해져서, 나는 그 모든 걸 다 시도했다.

'격에 안 맞다(unbecoming)'라는 표현을 처음 사용한 곳은 군대로, 명령을 어겼을 때나 고상하지 못한 행동, 즉 장교나 신사가 품위에 걸맞지 않은 행동을 한 경우를 암시했다. 이 표현이 여성의 행동을 묘사하는 말로 널리 사용될 쯤에는 충고의 의미를 띠게 되었다. 적어도 우리 엄마나 그녀 세대의 여성들이 '격에 안 맞다'라고 하면 부정한 여자란 소리처럼 들렸다.

적어도 내 기억 속에서는 그 말 자체가 수치심을 품고 있었고, 그걸 내뱉을 때의 어감은 남부 사람들이 품위를 드러내려는 증거와도 같았다. "그건 너무 격에 안 맞아." 그토록 품위 있는 말 한마디에 나는 전멸했다. 식사 시간을 알리는 크리스털 종에 깔려 압사를 당한 꼴이었다.

물론 우리 집이나 엄마가 예전에 살던 집에도 크리스털 종은 없었다. 텍사스 농부의 아내였던 외할머니는 청바지를 즐겨 입고 큰 소리로 웃었으며, 식사가 준비되면 고함을 치면서 뒤 베란다에 달린 놋쇠 종을 흔들었다.

'격에 안 맞다'라는 표현에는 계층 상승을 향한 열망 또한 조금은 있었을 것이다. 이 표현의 분명한 반대말은 '알맞다(becoming)'로, 더 나은 삶을 향해 뻗은 구름에 둘러싸인 계단을 가리켰다.

나의 이모와 고모들 중 두 분은 지나치리만큼 격에 안 맞는 길로 곧장 가 버리고 말았다. 더 이상 살고 싶지 않았던 빌리 이모는 여러 방법을 시도했는데, 그중 하나를 할머니는 이렇게 기록해 두셨다. '오늘 아침 욕조 바닥에 빌리가 쓰러져 있었다.' 당시 이모가 먹었던 건 수면제였다. 그리고 수년이 지나 이모가 죽었을 때, 사망 진단서에는 '심부전증'이라고만 쓰여 있었다.

때로는 의학적 완곡 어구만이 비극을 견디게 하는 연고가 되어 준다. 나는 이해할 수 없었다. 이 일이 있고 오랜 뒤에야 이런 가족력에 대해 알게 되었는데, 나는 왜 일찍 말해 주지 않았느냐고 분개했다.

가족들의 근거 없는 믿음에 딴지를 걸 만큼 나이는 먹었어도, 그들의 마음을 이해하기엔 너무나도 이기적인 풋내기에 불과했다. 계속 살아가기 위해 사망 진단서를 대충 조작해 버린 가족들의 마음을 이해하려면, 당신도 마음이 뭉개지는 것 말고는 달리 방법이 없다.

코니 고모가 사라지기까지는 조금 더 오랜 시간이 걸렸다. 충격치료 요법과 입원 치료, 결혼 실패, 알코올중독까지 모두 겪고 나서야 격에 안 맞는 길에 마침표를 찍었다. 엄마는 내가 꼭 코니 고모 같다고 말씀하시곤 했다.

나는 고모와 비교되는 게 기분 좋았다. 고모는 고등학교 때 교내 농구 스타였고, 수영선수였으며, 키가 훤칠했고, 나쁜 일이 생기기 전까지만 해도 항상 웃는 얼굴이었다.

그녀는 내게 독립적이고 신비로운 여성의 본보기였다. 고모는 개를 사랑했고, 독서를 하거나, 우리 아빠와 낚시하는 걸 즐겼으며, 가족 농장에 모이면 내가 고모의 방을 은신처 삼아 거기 있던 소설을 맘껏 읽도록 해 줬다.

나는 고모를 우러러보면서도 약간 겁을 내기도 했는데, 그녀는 쉰쯤엔가 갑자기 죽었고 그때 나는 열다섯이었다. 그건 분명 내가 처음 맛보는 비탄이자 무기력이었다.

아직도 묘지 위로 가라앉은 무거운 공기의 기운이 느껴진다. 그날 내가 무슨 옷을 입었으며, 고모를 땅에 묻고 브레큰리지 (Breckenridge)에서 집으로 돌아오던 길 차창 밖으로 보이던 나무들의 모습도 눈에 선하다.

나는 너무나도 슬펐고, 그 슬픔의 감정은 굉장히 낯설고 새로 웠다. 되돌릴 수 없는 무언가를 마주하고서 나는 낙담했다. 죽은 자는 죽고 없었다. 명백한 진실이라고 생각했던 것들도, 가슴 위에 얹힌 무거운 돌처럼 느껴지고 나서야 비로소 진짜가 된다.

10대 소녀들은 누구나 비극에 끌리는 법일까? 나는 장례식에 나 어울릴 법한 구슬픈 시들을 썼고, 시선집에 플라스(Plath)와 디킨 슨(Dickinson), 섹스턴(Sexton)의 시가 나오면 모퉁이를 접어 둔 채 읊고 또 읊었다.

시들은 청소년기의 나에게 시금석 같은 존재였다. 《노튼 시선 집(Norton's)》 세 번째 개정판에 실린 디킨슨의 시 '통증은 비어 있다 (Pain has an element of blank)' 여백에는, 절망의 푸가에 대한 간결하고 신 성한 정의를 발견하기라도 한 듯 까만 별표를 네 개나 쳐 놨다. 사 실상 발견한 것도 맞다. 처음엔 내 안의 어두운 면을 감추었지만, 이후에는 페르소나로 자라나도록 노력을 기울였다.

내 책에서 시 몇 편을 읽으신 엄마의 반응은 역시나 예상대로 였다. "곱씹지 마라." 수도꼭지를 잠그듯 슬픔도 잠가 버리면 그만 이라는 듯이, 엄마는 그렇게 말했다.

엄마는 내게서 당신 언니와 너무도 비슷한 모습이 언뜻언뜻 보이자 심히 걱정하신 게 분명했다. 하지만 내게 영웅과도 같았던 이모와 고모의 죽음을 곱씹으며, 나는 오히려 나의 괴로움을 능가하는 고통이 있다는 사실에 한숨을 돌리곤 했다.

나는 성인이 된 이후에도 그분들의 이야기에 집착했고, 학위 과정을 밟으면서는 비극 뒤에서 꼭두각시 인형을 줄에 매달아 조정하는 인간들의 존재를 보기 시작했다.

톨스토이는 안나 카레니나를 죽음으로 몰았다. 하디(Hardy)는 테스(Tess)에게 욕망과 천진함이라는 치명적인 조합을 선사해 몰락할 수밖에 없도록 만들었다. 보는 곳마다 남성 작가가 있었고, 그들은 비극적인 여성 인물을 창조해 기찻길에 묶어 두려 했다.

만일 여류 작가들이 그만큼 잔인할 수 있었다고 해도, 그들의 의도는 실제와 덜 동떨어지고, 덜 냉정하며, 덜 자극적인, 아예 다른 종류의 고통을 보여 주려 했을 것이다. 나는 그런 이유로 일찌감치 포크너(Faulkner)를 좋아했다. 그는 퀜튼(Quentin)을 자살로 내몰았지만, 사랑스러운 캐디(Caddy)는 우리가 지켜 내도록 해 줬다.

나는 스스로 이러한 통찰을 얻었고, 그래서 다행이었다. 만일 70년대에 캠퍼스를 침투한 신비평적 이론을 배웠다면, 투지를 잃고 말았을 것이다. 나는 그런 이론가들에게서 도망쳤다. 그들의 논리는 뿌연 눈의 아둔함으로 소설들을 가르고 붕괴해 파편화하는 것이었다.

대신 내 안에는 반쯤 이해한 소설들의 은닉처가 있었고, 남들 모르게 혼자 읽은 소설들이었다. 그와 더불어 여성해방운동의 문화적 무게는 내가 나의 의견을 신뢰하도록 해 줬다.

위선에서 자유로운 그 두 가지 조합 덕분에 나는 용기를 내어 작가가 되겠노라 결심했고, 볼보 트렁크에 타자기를 실을 수 있었다. 용기를 내고 시도하지 않았더라면, 평생을 두고 나를 용서하지 못했을 것이다.

거의 40년이 지난 지금, 나는 그때의 여정을 이렇게 기억한다. 지리적으로는 텍사스에서 벗어났고, 내면적으로는 소명을 향해 나아갔다. 그 길은 위험천만한 영토에서 내가 걸었던 다른 많은 길과는 달리 위험했지만, 위험을 무릅쓸 가치가 있었다. 다락방에 앉아 스카치를 붙들고 정면 승부를 걸어야 했다. 그래도 여정에는 끝이 있었고, 지켜 내야만 하는 계획과 나 자신이 있었다. 성지가 눈앞에 보였다.

나는 오래된 비유에 거의 넘어갈 뻔했다. 죽음과 자유 사이의 높은 다리는, 우리가 현대 문화에서 두 번 생각해 보지도 않고 받아들이는 흐뭇한 비극적 엔딩이었다.

〈델마와 루이스(Thelma & Louise)〉의 강해지자는 약속이었지만,

그 원조는 매우 오래된 것이다. 이제야 나는 그걸 값싼 술책이자 희생 그리고 예술 혹은 여성 영웅주의의 환상이라고 본다.

하지만 근거 없는 믿음은 바로잡기가 힘들다. 그건 전사적 순교자의 사고방식이지만, 여성에게 그 유혹은 다르다. 자기 파괴라는 피 튀기는 스포츠다.

지난 반세기 동안 우리는 고뇌를 숨기는 데서 집착하는 곳으로 흘러왔다. 일부 초기 페미니스트들은 고통을 자신을 되찾는 일로 전용했고, 예술이라는 대리석 판에 자신을 남겼다.

시인 플라스는 《아리엘(Ariel)》에 실린 〈끝 모서리(Edge)〉라는 시에서 '여인은 완성되었다. / 그녀의 죽은 / 몸뚱아리는 성취의 미소를 걸치고 있다'라고 썼다. 그러자 섹스턴은 플라스의 자살 소식에 '당신이 죽었다는 소식을 듣고서 / 소금 같은 / 참담한 맛을 느낍니다'로 시작되는 시로 응수했다.

도대체 왜 행복과 자유는 멀리 떨어져 있어야만 하는가?

15

이 세상에 머물고 싶을 만큼 사랑하는 것들

Bright Precious Thing:
A Memoir by Gail Caldwell

"중요한 건, 난 정말 살고 싶어요"
가장 중요한 말이며 희망을 담고 있다.

존과 나는 나이가 들면 첼로를 배우고 싶다고 말하곤 했다. '나이가 들면…'이라는 구름 빛깔의 영역은 미래를 약속하며 현재를 묶어 두는 장치 같은 것이었다.

우리는 20년이 넘는 시간 동안 밤마다 페이지 교정쇄를 기다리며 지루함을 달래느라 다른 얘기를 했다.

우리 둘 다 첼로와 잘 맞았다. 말로는 잘 하지 않았어도, 우리가 공유하는 어두운 감수성을 표현하기엔 첼로가 제격이었다.

얘기하는 대신, 우리는 길 건너 술집에서 보드카를 몇 잔씩 마시고 사랑하는 소설의 구절들을 나눴다. 우리는 썩 뛰어나지 않은 글에 대해 불평도 했다.

둘 중 누군가가 현대 문학은 감정과 가치 표현에 있어 물로 희석한 것처럼 약하다고 언급하자, 존은 농담한답시고 소설의 제목을 희석해 볼까, 라고 하며 편집실에 소설 제목들을 쓰기 시작했다. 스탕달(Stendhal)의 '분홍과 회색', 도스토예프스키(Dostoyevsky)의 '경범죄와 생각하는 의자', 포크너의 '소음과 야단법석'과 같은 제목들이 기억난다.

퇴근할 때가 되면, 다른 직원들의 위트가 더해져 '희석된' 소설 제목들이 거의 두 페이지에 이를 정도였다.

유머와 지성은 그의 고통을 가렸다. 예전에 존과 함께 일한 동료가 말하길, 존은 너무 확신에 찬 나머지 사전을 가지고 있지 않고 필요도 없다고 했다 한다. 출처가 불분명한 얘기지만, 그의 편집 능력은 그만한 과장도 아깝지 않았다.

그는 내 글에 실망했을 때도 부드럽고 정중한 태도로 피드백을 줬다. 물론 그래도 내 기분은 끔찍했다. 하지만 그가 만족하는 날엔 정말 기분이 좋았다.

한 번은 내가 작성한 헤드라인이 마음에 들었던 그가 내 사무실로 오더니, 마치 여왕을 마주한 기사처럼 고개 숙여 존경을 표했다. 존이 함께 근무하던 우리 모두보다 훨씬 더 많은 걸 안다는 이유만으로, 우리는 그런 칭찬에 황홀했다.

존은 더 늙지 않았다. 대신, 쉰둘의 나이에 독서용 안경을 주머니에 넣고 출근한다며 집에서 나와 자신의 볼보 스테이션 왜건에 올라탔다. 그는 시동을 걸었지만 차고 문을 올리진 않았다. 집에는 아내와 딸들에게 남긴 편지가 있었다.

가족이 아닌 우리는 모두 회한과 짐작의 동굴에 갇혀야 했고, 그곳에는 자살 후의 일방적인 대화만이 남았다.

아무리 얘기를 들어 봐도 결코 충분치 않다. 그건 아무것도 설명하지 못한다. 자살을 초래하는 우울감이라는 깊은 구덩이를 언뜻 보여 주고, 좋지 않았던 어느 날의 스냅사진은 뻔한 결론을 맺을 뿐이다.

우리는 항상 미친 듯이 이유를 찾는다. 나쁜 진단, 약물 중독, 불행한 가정 같은. 신이시여, 제발, 이유를 하나라도 알려 주셔야 내가 아는, 사랑하는 혹은 존경하는 누군가가 월식이 일어나는 그 순간의 어두움 때문에 떠나기를 택했다는 그 처참한 생각, 삶이란 이런 것밖에 안 된다는 생각에 전염되지 않고 나를 지켜 낼 수 있지 않을까요.

장례식은 피폐했다. 나는 직장 동료의 한 명으로서 추도사를 맡았고, 수일간 힘겹게 글을 작성했다.

교회로 향하는 길, 숨을 쉬기 위해 갓길에 차를 세워야만 했다. 나는 술을 마실 수도, 담배를 피울 수도, 죽은 지 두 해가 지난 내 친구 캐롤라인에게 전화를 걸 수도 없었다. 그래서 나는 혼자 갓길에 앉은 채로 덜덜 떨리는 두 손을 바라보다 눈을 감아야 했다.

추도사를 맡은 다른 이들이 나란히 앉은 기다란 좌석에 도착했을 때, 그들의 표정에서 내가 느낀 걸 보았다. 이른 출구를 선택한 누군가에게 어떻게 작별 인사를 해야 할까? 참되고 명예롭게 그리고 무엇보다도 위로가 되는 말을 해야 할 때, 무슨 말을 할 수 있을까?

우리 중 한 사람만이 정면 돌파를 택했고, 추도 연설을 하며 존의 딸들을 바라보았다. 그녀는 "존을 앗아간 우울은 존이 아니었습니다"라고 아주 부드러우면서도 분명하게 말하며 누구도 잘 알려 주지 않는 진실을 명확히 해 줬다.

자살을 초래하는 우울감은 당신의 집에 몰래 들어온 침입자다. 그 침입자는 딸들과 함께 웃고 사과를 주우러 다녔던 아빠도 아니며, 마감 시간을 한참 넘기도록 어설픈 작가들을 붙잡고 글을 봐 주던 편집자도 아니다.

침입자는 낯선 존재일 뿐이며, 그날 존과의 싸움에서 이겨 버린 컨디션에 불과하다. 그 우울감은 가해자다.

"저희 아빠에 대해 얘기해 주세요." 존의 큰딸이 내게 물었고, 나는 훌쩍이다 "그래 물론 그래야지"라고 말하곤 말하지 못했다. 할 수가 없었다. 그녀가 아빠에 대한 모든 걸 알고 싶어 한다는 사실을 알았다. 그녀는 들어 보지 못했던, 자신이 없었던 곳의 아빠 이야기를 주머니에 넣고 지키고자 했다.

내가 그녀에게 말하지 못했지만 말해 줬어야 했던 것 중 하나는, 내 아빠가 돌아가셨을 때 아빠를 묻기 위해 텍사스로 향하는

반짝거리고 소중한 것들

길에 존의 다정한 목소리 덕에 내가 정신을 차렸다는 사실이다.

엄마로부터 아빠의 상태가 많이 안 좋다는 연락을 받았을 때 마감을 앞둔 리뷰 하나를 중단한 채 내가 떠나자, 존이 뒷감당을 해 줬다. 그는 내가 비행기를 타고 텍사스로 향하는 동안 전화를 걸어 걱정하지 말라는, 모두 다 알아서 처리하겠다는 메시지를 남겼다.

그때 존은 너무나 친절하고 진실하게 아빠를 잃는 것에 대해 몇 가지 언급을 해 줬는데, 나는 공항 터미널을 걸어 나오며 그의 메시지를 반복해서 듣다가 눈물범벅이 되었다.

한 번은 존의 음주에 관해 얘기하려고 한 적이 있다. 내가 술을 끊은 지 수년이 지난 뒤였고, 그가 완전히 술에 장악당한 듯 보일 때였다. 그는 내 말을 귀담아듣지 않았고, 내게 고마워하면서도 거리를 두었다.

2004년 그가 죽기 일주일 전, 나는 내 첫 책의 원고를 출판사에 넘겼다. 그러고는 뜬금없이, 존의 수정을 거치지 않은 무방비 상태의 원고를 내면 안 된다는 생각이 들었다. 수년간 내가 쓴 모든 글이 존의 손을 거쳐 왔으니까.

그리고 일주일 뒤, 나는 밤 아홉 시에 전화 한 통을 받았다. 그가 죽었다는 소식을 들은 나는 수화기를 던져 버렸다.

나는 존의 삶에서 조연에 불과했다. 아내도, 딸도, 누이도, 절친한 친구도 아니었다. 정작 기나긴 복도 끝까지 걸어간 당사자는 자살의 여파를 가늠할 수 없다.

그는 이것이 모두를 위해 최선이라 믿는다. 하지만 길 끝으로 한 발짝씩 더 멀어질수록 '모두'를 위한 것에서 점점 더 멀어지고 만다.

내가 잘 아는 이들 중 다섯 명의 남성이 자살을 택했다. 아니, 자살이 그들을 택했다고 하는 게 옳겠다.

여성은 단 한 명뿐이었다. 자살을 시도하는 경우는 여성이 훨씬 많지만, 적어도 미국에서만큼은 남성이 자살에 성공하는 비율이 거의 네 배 정도 높다.

자살 역학에서 성별의 역설이라 알려졌는데, 남성들이 밧줄, 낭떠러지, 총 같은 조금 더 직접적이거나 잔인한 방식을 택해서 그렇다고 짐작하기도 한다.

정량화하긴 어렵지만, 여성들이 도움의 손길을 요청하는 경우가 더 많다. 모든 인구 통계학에는 날씨, 문화적 사회적 지위, 전쟁의 영향처럼 자살로 이어지는 세부 사항들이 존재한다. 이유는 항상 특정하고도 보편적이며, 풀어내지 못할 수수께끼와 같다.

나는 한 음악 영재가 재능에 걸맞게 성취해야 한다는 내면의 압박으로 괴로워하다 자살을 택했다는 이야기를 들었다. 재능이 재앙이 된 것이다. 너무도 마음이 아팠다. 세상에서 선망의 대상이 되는 순간, 개인에겐 감옥이 된다.

어느 날 밤, 한 여인이 AA 모임에 나와 감정을 주체하지 못하고 흐느끼면서 단주하려고 노력했지만 실패했다고 말했다. 아무리 노력해 봐도 소용이 없었다고. 그녀는 숨넘어가듯 흐느끼며, "중요한 건, 난 정말 살고 싶어요"라고 고백했다. 그 마지막 고백이야말로 가장 중요한 말이며 희망을 담고 있다. 나는 그녀가 해냈다고 믿고 싶다.

나의 엄마가 70대 후반이 되고 내가 술을 입에 대지 않은 지 수년이 지나 엄마와 나 사이에 존재했던 두려움과 문제들이 옛날 일이 되었을 때, 엄마는 내가 사춘기 때 얼마나 불안했었는지를 고백했다.

엄마는 "정말 무서웠지. 네가 삶을 놓아 버릴까 봐 너무나 두려웠거든"이라고 말했다.

"엄마, 나는 절대로 삶을 놓아 버리려고 한 적이 없어요. 절대로. 최악으로 치달은 날에도, 내겐 이곳이 중요했어요. 내가 북동부에서 첫해를 보내며 다락방에서 술에 취해 상심했을 때도, 관심이 있던 모든 것에서 소원해졌을 때도, 작가가 될 수 있을 거라는 생각만큼은 붙들고 있었으니까요."

다른 모든 이에게도 마찬가지일 것이다. 당신도, 이 세상에 계속 머물고 싶을 만큼 사랑하는 걸 찾아서 붙들어야만 한다.

반짝거리고 소중한 것들

16

나를 지켜 낸
캐롤라인의 사랑

Bright Precious Thing:
A Memoir by Gail Caldwell

나는 캐롤라인의 죽음에서 살아남았고,
그녀의 죽음은 내 삶을 바꿔 놓았다.

캐롤라인과 나는 숲에서 산책을 했다. 우리가 함께한 7년이라는 물리적인 시간 중 거의 절반의 배경이 된 곳은 숲이었다.

우리는 보스턴 외곽의 숲과 뉴햄프셔 프랑코니아 노치(Franconia Notch) 근처의 산책길, 빈야드(Vineyard)의 습지와 트루로(Truro) 가까이에 있는 연못 둘레길을 자주 찾았다. 캣 록(Cat Rock) 공원과 미저리 산(Mount Misery), 웰플릿(Wellfleet)의 그레이트 아일랜드 트레일(Great Island Trail)도 걸었다.

반려견이 있고 서로만 있으면 우린 그리 까다롭게 굴지 않았다. 조금의 물과 초콜릿 그리고 집으로 돌아올 차만 있으면 충분했다.

특히 기억에 남는 날이 있는데, 그 이유는 잘 모르겠다. 나뭇잎 사이로 내리쬐는 볕이 눈에 선하고, 선선했던 가을바람이 여전히 내 살갗을 스친다. 그때 나는 뭔가 불만족스럽고 익숙한 느낌에 젖어 있었다. 스스로 질책하며 자초한 기분이었다. 캐롤라인은 다른 누구보다 내가 내던져진 어두운 장소를 잘 알아챘고, 그것이 환상에 불과하다는 사실을 내게 설득하는 방법도 알았다.

그 방식 중 하나는, 내게 나의 이야기를 들려주는 것이었다. 마치 나를 다섯 살 먹은 꼬마 대하듯, 내가 한 번도 들어 본 적이 없는 얘기를 하듯 이야기를 들려줬다. 그녀는 목을 가다듬고 강조해야 할 때마다 두 손을 모두 사용했다.

"네 이야기를 하자면" 그녀는 이렇게 이야기를 시작했다. "넌 보스턴으로 이사했어." 그녀는 인생 모든 사건의 구간을 나누듯, 문장을 끊을 때마다 두 손을 들어 강조했다.

"술을 끊었고, 〈보스턴 글로브〉에 취직했지. 심리 치료를 받고, 클레멘타인을 만났어." (클레멘타인은 내가 처음 키운 사모예드의 이름이다) 이쯤 되면 그녀가 곁눈질하며 살짝 웃는다. "그리고 하나 덧붙이자면, 나도 만났지."

그래, 20년이 넘게 지난 지금에 와서 나도 하나 덧붙이자면, 나는 널 만났지.

나는 캐롤라인이 죽은 뒤의 모든 기억을 꼭 붙들었다. 마치 정해진 시간 내 물건을 담는 경품 행사에 간 손님이 손에 닿는 모든 걸 필사적으로 카트에 담듯, 나도 그랬다. 캐롤라인이 떠나고 처음 몇 주간은 그녀가 웃고, 눈동자를 굴리고, 특정 자세를 취하던 모든 장면을 아로새기느라 정말이지 뇌가 빙빙 도는 것처럼 느껴졌다.

처음으로 함께 산책하던 날, 나무뿌리에 걸려 넘어질 뻔한 나를 잡아 주던 그녀. 찰스 강에서 로잉을 하고 연못에서 수영하던 그녀의 팔뚝. 그녀가 세상을 떠나기 전 마지막 몇 주 동안, 내가 몇 시간이고 붙들고 있었던 근육이 형편없이 물러진 그녀의 팔뚝.

이전에도 캐롤라인에 관한 글을 썼지만, 누가 죽는다고 해서 그 사람을 잊는 건 아니다. 죽은 후에도 계속 사랑하거나 의지한다. 우리가 죽음을 미화할 수 있다는 걸 나도 잘 안다. 나는 그러지 않으려고 한다.

그녀는 오래전 세상을 떠났지만, 나는 지금도 그녀가 여기 있다면 어떨지, 수십 년을 내다보았던 우정을 쌓아 왔다면 어떨지 생각한다. 이런 생각을 하는 건 가슴 아픈 게임이다. 규칙도 잘 변하고 결국 시간이 이긴다. 내가 변하지 않았거나 그녀가 죽지 않았거나 하는 대체 가능한 만약의 현실 따위는 없다.

진부한 얘기로 들리겠지만, 계속 앞으로 걸어 나가야 한다는 게 바로 규칙이다. 사람들은 대부분 그렇게 한다. 누군가는 다른 이들보다 조금 더 창의적이고 쉽게 해 나간다.

나는 캐롤라인의 죽음에서 살아남았고, 그녀의 죽음은 내 삶을 바꿔 놓았다. 그런 종류의 상실은 마치 전쟁터에 다녀온 심장과 같아서, 절대로 이전과 똑같을 수 없다. 그리고 깊은 우정이나 신뢰, 웃음처럼 우리가 함께 나누며 좋았던 모든 건 내가 계속 지켜야만 한다.

내가 계속 이곳에 머무르며, 잔디를 깎고, 개들을 사랑하고, 잃고, 부모님을 땅에 묻고, 늙고, 새로운 사람들을 만나 사랑하게 해주는 힘이다. 나는 아직도 그녀가 그립다.

캐롤라인이 떠나고 약 10년 뒤, 나는 북 페스티벌에 참여하기 위해 오스틴을 방문했다. 내가 성장할 때 함께했던 여성 중 반이 여전히 살아가는 곳이었다.

누군가는 파티를 열었고, 다른 한 친구는 내가 고향에 왔다는 사실에 축배를 들었으며, 우리는 모두 옛날이야기를 나누고, 캐롤라인과의 우정에 관해 쓴 내 책과 모두가 겪은 상실에 관해 이야기를 나눴다.

나는 방을 둘러보며 아주 오랫동안 알고 지냈던 그 늙고 아름다운 얼굴들을 보았고, 이전에는 몰랐던 사실을 알게 되었다. 나는 말문을 열었다. "너희들. 너희들 모두가 없었다면, 나는 캐롤라인과 그런 우정을 결코 나눌 수 없었을 거야. 우리가 함께 겪어 온 모든 게 내게 그렇게 가까운, 그런 친구가 될 수 있도록 가르쳐 줬거든."

여성해방운동의 감정적 유산이 우리의 우정을 축복했다면, 타이틀 나인[30] 이후의 세상에서 만난 것도 우리에겐 축복이었다. 캐롤라인은 내게 로잉을, 나는 그녀에게 수영을 가르쳐 줬고, 우리는 물속에서 혹은 물 위에서 몇 시간씩을 보내거나 산책 중 로잉과 수영에 관한 이야기를 나누며 긴 시간을 보내곤 했다.

우리의 경험이 신체적 활동에 집중되어 있어 관계가 더 넓어지며 친밀해졌고, 그녀가 떠나자 그 풍족했던 시간들이 환각지[31]처럼 느껴졌다.

1990년대 나와 캐롤라인이 친구가 되었을 무렵, 여성 운동선수의 기량은 사회적으로 인정받았다. 내가 자랄 때만 해도 여성들은 아주 제한적인 범위 내에서만 친밀감을 드러낼 수 있었다.

여학생들은 가정 과목에만 충실하거나, 쇼핑이나 화장을 하고, 남학생을 사이에 두고 경쟁했다. 나는 가정 수업 시간에 요리실을 크게 태울 뻔해서 거의 낙제 수준이었다.

전후 미국에서는 여성 운동선수들에게 기회의 문이 닫혀 있었다. 그게 1930년대였고, 내가 고등학생쯤 되었을 때 로큰롤 문화

---

30 Title IX, 1972년 미국에서 제정된 교육법으로 여학생들이 차별 받지 않고 체육활동을 할 수 있도록 지원하는 제도다.

31 절단된 팔과 다리가 여전히 그 자리에 있는 것처럼 느끼는 증상이다.

가 돌풍을 일으키면서, 소녀들에게도 자연 세계와 그 속에서 신체 활동을 즐기고 표현할 수 있는 몇 안 되는 길이 허락되었다.

나는 어릴 때 수영을 시작했다. 여자아이도 수영을 배우길 권장해서는 아니었고, 소아마비를 앓았던 내가 땅 위에서보다 물속에서 안정적이었기 때문이었다. 1950년대와 60년대 팬핸들에는 여자 수영선수 따위는 존재하지도 않았다.

어느 날, 호수 주변을 산책하다 한 젊은 여성이 보스턴 마라톤에 나갈 준비를 하는지 달리기 연습을 하는 걸 보았다. 그녀는 한 바퀴에 약 5킬로미터나 되는 거리를 계속 돌며 몇 분마다 한 번씩 내 옆을 스쳐 지나갔다.

나는 그녀의 우아함과 힘, 아름다움에 관해 옆에 있던 친구에게 말했다. 섀넌은 "우리 때는 저런 기회가 없었지"라고 별 감정 없이 말했지만, 나는 너무 놀라워서 집에 오자마자 1968년부터 보관해 왔던 고등학교 졸업 앨범을 뒤졌다. 당시 텍사스 팬핸들의 스포츠는 어떤 모습이었을까.

일곱 페이지가 미식축구 사진으로 도배되어 있었다. 남학생들이 참여했던 스포츠는 여덟에서 아홉 개 정도가 있었다. 레슬링, 육상 경기, 야구, 미식축구, 테니스, 골프, 농구가 장식한 부분이 열일곱 페이지가량 되었다.

여학생들은 단 두 가지였다. 치어리딩과 체조. 체조 수업 사진이 몇 장 실려 있었는데, 진한 눈 화장을 하고 하얀색 체조복을 입은 여학생들이 어색한 표정으로 팔짱을 끼고 둘러선 모습이었다.

터무니없고 뼈아픈 역사의 스냅사진이었고, 그때 무엇이 부재했었는지 그 잃어버린 페이지들을 드러내고 있었다.

일부는 젠더 문제이기도 하면서, 지리적 문제이자 특권 문제이기도 했다. 아이비리그에서는 텍사스 규정에는 없던 모든 방식으로 여학생들을 훈련하려고 했다. 텍사스 여학생들은 승마 경주(barrel racing)에 나갈 수는 있었지만, 승마를 하려면 돈(과 말)이 필요했다.

우리가 갖지 못했던 건 스스로 삶의 힘이 자라나고 넓어져 가는 걸 느낄 기회와 방식이었다. 당신은 아직 무엇을 배우지 못했는지, 어떤 기회가 없었는지, 그리 많이 생각하지 않는다.

그리고 나는 부재가 내게 가져다준 모순적인 상황에 조금 경탄한다. 나의 걸음걸이를 느리게 했던 소아마비가 내게 물을 선물해 줬으니까 말이다.

캐롤라인에 대한 나의 사랑은 내 삶에 있어 본질적인 의미의 관계였고, 공교롭게도 내가 특정 나이가 되어 힘과 자유를 느끼기 시작할 무렵 그녀를 만났다. 40대 초반이 되었을 때다. 세상 물정에 밝으면서도 마라톤에 나갈 수 있을 만큼 젊은 나이.

나는 문학 비평가라는 사랑하는 일이 있었고, 처음으로 반려견 사모예드를 기르게 되었다. 22킬로그램이 넘는 아름다운 사모예드는 만족스러운 내 삶의 나날들을 더욱 풍요롭게 해 줬다. 내겐 매주 마감 일정이 있었고, 수영장과 숲 그리고 내 쌍둥이인 것 같은 여자친구도 있었다. 사실 캐롤라인에겐 진짜 쌍둥이 자매가 있었지만 말이다.

그보다 몇 년 앞서 나는 사랑했던 혹은 사랑한다고 생각했던 한 남자를 떠났다. 하지만 그건 사랑이 아니라 그의 칭찬과 사랑을 갈구하며 인질로 잡혀 있는 관계일 뿐이었다. 그는 수년간 형편없는 로맨스로 점철된 내 삶의 거친 나날들의 마지막 장을 장식한 남자였다.

내겐 일이 있었고 술 취하지 않는 맨 정신이 있었기에 겨우 살아 낼 수 있었다. 그리고 여자친구와의 우정, 특히 캐롤라인과의 관계가 나를 지켜 냈다. 우리는 서로에게서 각자의 모습을 발견하며 성장했고, 각자가 발견하지 못한 내면의 힘을 상대가 끌어내 주며 함께 성장했다. 함께일 때면, 혼자일 적엔 몰랐던 내면의 강한 면모를 발견할 수 있다는 사실을 우리는 사랑했다.

반짝거리고 소중한 것들

내가 칭찬을 갈구했던 그 남자는 내 글이 발행되기 전 종종 미리 읽고 수정해 주곤 했다. 그 남자가 파란색 펜을 들고 수정하던 어느 날, 우리 관계의 전환점이 찾아왔다.

나는 존 르 카레(John le Carré)와 어렵게 인터뷰를 마친 뒤 기사를 작성했는데, 기사 도입부가 썩 마음에 들었다(시간이 확실성의 지표라면, 30년이 지난 지금도 나는 여전히 그 도입부가 마음에 든다). 내가 쓴 기사를 읽는 그의 모습을 지켜보는데, 어느 순간 그의 미간에 깊은 주름이 생겼다. 그는 잠시 머뭇거리더니 내 첫 문장에 줄을 긋고는 "문장이 지나치게 화려해"라고 말했다.

머뭇거리던 그 모습에 나는 그를 보내 버렸다. 나는 이전에도 그런 장면을 두어 번 본 적이 있다. 대학원과 직장에서, 내가 존경하던 남성들은 내 글을 읽으며 움찔하고는 분수에 맞는 문장을 쓰라고 했다. 나는 그 남자보다 열한 살이 어렸지만 더 나은 작가였고, 어떤 문장이 좋은지 정도는 알고 있었다.

그가 수정을 끝냈을 때, 나는 고맙다고 말하고는 사본을 들고 내 서재로 갔다. 나는 원래 썼던 그대로 내 문장들을 복구했다. 이틀 뒤 신문이 발행되었고, 내 글은 맨 앞쪽에 실렸다. 그는 아침을 먹으며 기사를 읽더니, 눈썹을 치켜들고 나를 바라보았다. 나는 그냥 웃었다.

크리스틴 블레이시 포드(Christine Blasey Ford)의 증언과 브렛 캐버노(Brett Kavanaugh)의 청문회[32]가 있던 주, 우리는 또다시 시간 왜곡을 경험한다. 분명 시간이 많이 흘렀는데, 달라진 건 없다. 지난 2년여간의 시간 동안 쇠 지렛대가 판도라의 상자를 열었고, 그 안에 있던 희망을 비롯해 여성들이 비밀로 붙들어 둔 악마들이 미친 듯이 새어 나왔다.

나는 (내가 아는 모든 여자가 그러듯) 친구에게 우리의 성적 역사와 권력 앞에서 진실을 말하는 것에 관해 이야기했다. 진실이 속삭이거나 소리치는데도 권력은 별 관심도 없을 때, 어떻게 해야 하는지. 나는 크든 작든 성폭력이 나를 쓰러뜨리지 않아서 다행이라고 느낀다고 말한다. 회복할 수 없는 상처를 남기지도, 드러나든 드러나지 않든 나를 망쳐 놓지 않아서 다행이다.

뜻밖의 행운, 그 이상도 이하도 아니다. 사람들은 트라우마에 시달리고, 트라우마를 안고 살고, 무수한 방식으로 트라우마를 표출하며 살아간다.

그러자 내 친구가 사실 한 가지를 내게 상기시킨다. "네 아빠가 널 지켰으니까." 그녀는 내 아빠를 만난 적은 없어도 수년간 나와

---

32 2018년, 팔로알토 대학교의 심리학 교수 크리스틴 포드는 미국 대법관 후보 브렛 캐버노가 고교 시절이던 1980년대 초 자신을 성폭행하려 했다고 폭로했다.

알고 지냈다. "너는 그 안에서 숨을 쉰 거나 마찬가지야."

빚진 데가 또 있다. 나의 엄마는 실없는 소리를 하는 남자들을 거들떠보지도 않았다. 언젠가 그녀가 자신은 받지 못한 교육을 받고 힘과 돈도 가진 남자들 앞에서, 심지어 두려워했던 남자들 앞에서 당당히 맞서는 모습을 보았다. 그들은 결국 엄마에게 길을 비켜 주고, 문을 열어 줬다. 엄마는 160의 작은 키에도 두려운 게 거의 없었다. 내가 언제나 그녀를 내 편으로 선택한 이유다.

우리는 모두 그런 이야기들에 지쳤다. 심하든 심하지 않든, 너무 많은 폭력과 폭로와 고백과 기막힌 기억들. 내가 아는 이야기 중에서도 아주 까다롭게 고른 것이다. 이제 내 얘기를 해 볼까.

〈뉴욕 타임스〉 편집자가 내게 저녁을 사겠다고 졸라대 나갔더니, 내 위 팔뚝의 맨살을 계속 쓰다듬으며 아직은 마땅한 일자리가 없다고 말했다. 내가 인터뷰했던 남성 작가들은 한두 잔만 걸치고 나면 내게 달려들었다. 유부남이던 동료들은 부적절하게 날 만지려고 해서 벗어나야만 했다.

교수들은 말할 것도 없고, 강가나 숲에서 본 노출증 환자들과 밤 열 시 길가에서 갑자기 나타난 소름 끼치는 인간들. 날마다 겪어야 했던 야유와 뻔뻔함, 무례함.

그런데 사실, 내 이야기에는 별로 특별할 것도 없다. 내가 만일 용접공이었거나 목장에서 일했다면 혹은 군대에서 지낸 여자라면, 지금 완전히 다른 얘기를 하고 있을 것이다. 그들 세계에서 성폭력은 교통체증이나 감기만큼이나 흔하다.

타일러는 나이를 한 살씩 먹을수록 계속 새로운 옛 남자친구나 여자친구 이야기를 들려 달라고 한다. 결혼을 안 하고 혼자 지내면 인생이 길어질수록 옛 애인 목록도 길어질 수밖에 없다고 자주 말해 줘도, "계속 말해 주세요"라고 조를 뿐이다. 그래서 나는 다시 아주 옛날 남자친구 얘기부터 시작해, 고등학교 때 이별한 이야기와 로맨틱한 여름밤 이야기들을 들려준다.

타일러는 모든 이야기를 순서대로 듣길 원하고, 나는 가면 갈수록 과감하게 수정을 하거나 너무 지루하고 하찮은 얘기들은 빼 버린다. 그러다 갑자기 마약과 긴 머리의 남자들, 체포 등의 늪에 빠진 젊은 시절의 나를 마주한다. 여기서부터는 이야기의 주제가 바뀌니 나는 하던 얘기를 잠깐 멈춘다.

"약에 대해서 알고 있니?" 내가 묻는다. 이 조숙한 꼬마는 잠깐 혼란스러워하더니 내가 페니실린이라든지 수산화마그네슘 같은 약을 말한다고 생각하는 것 같다. 그러다 그녀는 "아, 마리화나 말하는 거죠!"라고 말한다. 나는 "그래"라고 단호하게 답한다. "내게 한 가지 약속해 줘, 알았지?" 타일러가 고개를 끄덕인다. 나의 진지한 모습에 조금은 놀란 모양새다.

"몇 년 후에 혹은 언제라도, 술이랑 마약을 할 거라면 제일 먼저 나를 찾아와서 얘기하겠다고 약속해." 타일러는 쉿, 조용히, 라는 제스처를 취하더니 "알겠어요, 알겠어요, 알겠어요"라고 답한다. "그런데, 게일. 나는 약을 할 필요가 없어요." 타일러는 두 손바닥을 보여 주며 아주 분명한 사실이라는 듯 말한다. "나는 이미 너무 행복해요."

어느 날 긴 얘기를 이어가던 타일러는, 갑자기 하던 이야기를 멈추고 자신에게 말하듯 이렇게 말한다. "그런데 혼자 살면, 얘기할 사람이 없잖아!" 하지만 그녀는 내가 그냥저냥 잘 살아왔다고 생각한다.

내가 우유를 팩 채로 꺼내 바로 마시는 모습을 처음 본 날, 타일러의 눈이 휘둥그레졌다. "우리 집에서는 절대로 그렇게 마시면 안 돼요!" "당연히 안 되지. 이건 혼자 사는 사람만 할 수 있는 거야. 혼자 살면 한밤중에도 아이스크림에 쿠키 가루를 뿌려서 먹을 수 있고, 개를 데리고 산책을 나갈 수도 있지. 얼른 자라고 말하는 사람이 아무도 없으니까."

나의 사설 없이도 타일러는 이미 자유에 대한 환상을 품고 있다. 부엌에서 보는 텔레비전, 겨울밤에 하는 수영, 소파에서 먹는 저녁 같은 것들. 타일러가 말한다. "만일 지금 결혼하면, 세계 기네스북에 오를 거예요!" 우리 두 사람은 깔깔대고 웃는다.

타일러는 나를 덩치 큰 어린이 혹은 주름진 청소년쯤으로 보거나, 자유와 즐거움의 완벽한 조합 정도로 생각하는 것 같다. 어느 정도는 사실이고 또 어느 정도는 허상이지만, 나는 굳이 부인하지 않는다.

반짝거리고 소중한 것들

17

뭇 여성이 흠모해 마지않았던 마조리

Bright Precious Thing:
A Memoir by Gail Caldwell

그녀가 떠난 지 벌써 수년이 지났는데도,
여전히 그녀는 나를 웃게 한다.

이쯤 해서 마조리가 등장해야 한다. 흰 머리에 용맹한 여인, 어떤 규율에도 얽매이지 않았던 마조리는, 그래서 자신도 모르게 그녀를 흠모했던 모든 젊은 여성에게 하나의 규율이 되었다.

마조리가 한창 젊고 잘나가던 시절에는 그녀를 알지 못했다. 오히려 몇십 년 뒤, 젊고 잘나가던 사람이 운 좋게도 잘 늙어가는 모습일 때 나는 그녀를 만났다.

자신감 넘치고 무신경한 모습, 오페라 아리아 같은 웃음소리, 성큼성큼 보더콜리를 앞지르던 발걸음까지. 그녀의 옆에는 항상 보더콜리가 있었고, 지금껏 그녀는 다섯 마리의 보더콜리와 함께했다고 한다. 그중 마지막이 바로 코리였다.

목줄을 하지도 않고 마조리와 함께 케임브리지 거리를 돌아다니던 코리는, 자신에게 완전한 문장으로 말하는 그녀를 애정 어린 눈빛으로 바라보곤 했다.

30대 후반 엄마와 함께 영국을 찾은 마조리는, 전설적인 양치기견들의 목축 시험을 관람하러 잉글랜드 북서부의 호수 지방에 방문했다.

그녀의 표현을 빌리자면, 마조리는 집에 오자마자 작업견 사육자를 찾았고, 그때부터 보더콜리들과 어디서도 보기 드문 반려 관계를 맺기 시작했으며, 40여 년간 관계를 이어왔다. 어쨌든 마조리와 반려견들이 맺은 관계는 적어도 표면적으로, 타인의 눈으로 보기엔 평범하지 않았다.

내가 처음 마조리를 알게 됐을 때, 그녀는 케임브리지에 있는 진보적 사립학교인 섀디 힐(Shady Hill)에서 수십 년간 학생들을 가르치다 막 퇴직한 직후였다. 학교에서 그녀는 여러 세대의 학생과 교사들 모두에게 영향을 미쳤다. 마조리가 죽고 몇 달 후에 열린 추도식에서 "그녀가 내 삶을 바꿨어요"라고 고백한 이가 한둘이 아니었다.

마조리는 1932년 뉴욕 스카스데일(Scarsdale)의 부유층 집안에서 태어났고, 대학에서 경제학을 전공했으며, 스와드모어(Swarthmore) 대학에서 필드하키 스타로 이름을 날렸다.

이 모든 건 여성들이 대부분 대학에 진학하지 않던 시절, 필드를 휘젓고 다니지 않던 시절, 돈과 경제이론 곡선들의 불가해함과 예측 불가능성에 관심이 없는 척하던 시절의 일이다.

50년대만 해도 여성성과 결부되었지만, 마조리는 그런 것엔 관심도 없었다. 그녀는 단지 자신의 전공과 맞지 않고, 누군가를 돕는 일이 아닌 방향의 진로에는 홍미가 없었을 뿐이다.

대학을 졸업한 뒤 그녀는 급성장하는 시민권리운동 분야의 일을 시작했고, 시카고 도심 지역의 학교에서 학생들을 가르치다 케임브리지로 오게 되었다.

진보적인 블루스타킹[33]에겐 전형적인 행보였다. 엘리트 코스를 밟은 그녀들은 1960년대 사회 정의를 위한 대의로 걸어 들어왔다. 내 예감으로, 마조리는 어린 시절 처음으로 사유 재산이라는 개념을 접했을 때부터 진보주의자였을 것이다.

그녀에게서는 처음 만나는 그 순간부터 근본적인 공정의 태도가 느껴진다. 마조리의 움직임에서 전해지는 민첩성은 멀리서 그녀가 등장할 때부터 알아차릴 수 있고, 신체 기량이나 성격 또한 다른 뭔가가 느껴진다.

다른 사람은 모두 그렇게 생각하는데 정작 그녀는 확신이 없다. 영민한 마음과 장난기 넘치는 웃음 뒤에는 홀로 괴로워하는 내향적인 면이 있어서, 그녀는 여러 사람이 모이는 곳은 멀리하고 수년간 버번위스키에 대한 애정을 길렀다. 그래서 마조리가 캐롤라인과 내게 다가왔으리라. 어린 반려견을 기르는 우리에게서 자

---

33 전통적인 여자의 일보다 사상과 학문에 관심이 더 많은 여자를 일컫는 말이다.

신의 젊은 시절을 보았을 것이며, 개에게 푹 빠진 내향적인 우리를 그녀가 수년간 키워 온 수양딸 중 하나쯤으로 여겼으리라.

그녀는 완고한 무신론자이자 정치적 진보주의자였다. 마음의 갈등 따위 없이 부동산의 큰손이자 주식 투자자로서 요령을 부렸고, 교사를 하며 번 돈으로 큰 수익을 냈다. 포커페이스와 심리전에 능해 가능한 일이었다. 족보처럼 잘 보관해 둔 경제학 학위에 관해 한 번도 말을 꺼낸 적은 없지만, 그 학위는 결코 부재한 적이 없었다.

그녀는 낡은 스웨터와 청바지만 입고 다니며, 이에 시금치가 꼈는지 확인하는 용도로만 거울을 봤다. 나무가 가득한 케임브리지의 주택은, 그동안 집을 매입해 개조해서 파는 과정을 통해 어렵지 않게 마련할 수 있었다.

그녀의 집 안에는 직접 구한 앤티크 가구가 가득했고, 1년 내내 제라늄이 피었다. 널찍한 부엌에는 전혀 개조하지 않은 옛 창문이 여섯 개나 나 있었고, 오래된 문서 보관함과 대공황 시대에나 사용했을 법한 크기의 냉장고가 비치되어 있었다. 거실 모퉁이에는 꽃그림이 가득한 소파가 있어서, 나는 종종 소파에 개들과 포개 앉아 차를 담은 머그잔을 들고 한없는 편안함을 느꼈다.

마조리는 내게 주택과 주식시장, 다년생식물을 기르는 법, 목줄을 채우지 않고 반려견과 산책하는 법 등을 가르쳐 줬다. 그녀가 모르는 게 있다면 자신이 나이를 먹어 간다는 사실이었다.

그녀는 투자에 능한 데 반해 컴퓨터엔 젬병이어서, 온 세계가 온라인화를 시작하자 (여러 투자신탁 회사의 수익성 좋은 상자들에 묻어둔) 주식 포트폴리오를 온라인에서 실시간으로 확인할 수 있게 해 달라고 내게 부탁했다. 나는 약속한 날 아침 전화를 걸어 모든 거래내역서를 모아 두라고 했고, 그럼 금방 끝낼 수 있다고 말했다.

마조리의 집에 도착하자, 그녀는 커피 한 잔과 파일 더미를 컴퓨터 옆에 놔둔 채 나를 기다리고 있었다. 나는 컴퓨터 앞에 앉아 원하는 사이트에 접속한 뒤 데이터 옮길 준비를 했다. 마조리가 뭔가 할 말이 있는 듯 내 허리에 손을 얹었다.

"자기한테 고백할 게 있어." 내가 하던 일을 멈추고 그녀의 얼굴을 올려다보자 그녀는 활짝 웃으며 말했다. "내가 돈이 좀 많아."

나는 크게 웃은 뒤 "전혀 놀랍지 않은데요?"라고 받아쳤다. 드디어 소중한 내역서들이 보관된 파일이 열리자 그동안 그녀가 사서 보유하고, 보유하고, 또 보유해 두었던 우량주와 채권과 복잡한 투자 내역들의 은닉처가 공개되었다.

그녀가 떠난 지 벌써 수년이 지났는데도, 여전히 그녀는 나를 웃게 한다.

우리는 수년 동안 몇 시간에 걸쳐 더 깊은 이야기들도 나누었다. 어떻게 죽는지와 어떻게 혼자가 되는지. 그리고 우리 두 사람 모두가 혼자 살면서 겪는 굉장한 어려움과 혜택들.

캐롤라인이 살아 있던 마지막 해, 그녀가 아프기 몇 달 전, 캐롤라인과 마조리는 내 생일 날 저녁을 사 줬다. 더 추워지기 힘들 만큼 차가운 1월의 어느 날 저녁이었다. 2002년이었고, 나는 쉰하나였으며, 마조리의 이웃에 처음으로 내 주택을 마련한 지 6개월이 지난 뒤였다.

나와 마조리는 레스토랑에서 캐롤라인에게 밤 인사를 한 뒤 함께 차를 타고 집으로 왔다. 집 앞에 도착해 따뜻한 차 안에 앉아 있을 때, 마조리는 나를 향해 몸을 돌리더니 난데없이 말했다.

"남편이 생겼다고 해도 자기 삶이 크게 변하진 않았을 거야. 하지만 집이 생기면 삶이 확실히 변해." 순도 짙은 마조리의 모습이었다. 그녀는 꾀바르고 정확하게 생일 축하 메시지를 전했다. 그리고 10년도 더 지난 지금, 나는 그녀의 말이 옳았다고 믿는다.

마조리에겐 다양한 집단의 친구들이 있었다. 남성과 여성, 동성애자와 이성애자, 학부모와 교사, 반려인들과 다양한 반항아들. 그녀는 동시에 여러 사람을 만나는 걸 힘들어했지만, 우리는 그녀를 사랑하기 위해 줄을 섰다. 그녀가 채권시장을 욕하는 걸

들었고, 보편적 의료보험제도의 부재가 범죄임을 설파하는 것에 귀를 기울였다.

　마조리와 통화하는 동안, 날짜를 묻거나 어떤 질문을 해서 그녀가 잠깐 수화기를 내려놔야 할 때면 그녀는 꼭 이렇게 말했다. "수화기 내려놓지 마!" 그녀가 옛날 사람처럼 씩씩하게 말할 때마다 나는 조금 신이 났다. 언젠가 캐롤라인과 나는, 마조리와 통화할 때면 그녀가 꼭 "수화기 내려놓지 마!"라는 말을 하게 하려고 미끼를 던지곤 했음을 고백했다.

　마조리는 우리에게 일어난 흔한 일이나 우리의 아주 미미한 조언도 모두 메모하곤 했다. 정작 메모를 해 가며 그녀의 말을 듣고 기억해야 했던 건 우리였는데 말이다.

　마조리를 알고 지낸 시간이 20년도 되지 않지만, 그동안 내겐 반려견이 있었고, 캐롤라인이 있었으며, 내가 사랑한 모든 게 있었고, 그것들을 모두 잃기도 했다.

　마조리는 그 모든 걸 전혀 두려워하지 않았다. 그녀는 비통함 앞에서 결코 움츠러드는 법이 없었고, 비탄이 다가올 때 펌하하지 않았으며, 큰 의문 이상으로 대하지 않았다.

　그녀는 비교적 어린 나이에 어머니를 잃고 50대에는 자매를 잃었기에, 견딜 수 없을 만큼 소중한 걸 잃는다는 상실에 관해 잘 알고 있었다. 이 전쟁터에서 그녀는 전사였다.

지금 와 돌아보면, 그녀는 캐롤라인이 죽은 다음 날 아침 나를 만나러 처음으로 내 집에 찾아와 활짝 웃으며 두 팔을 펼치고 성큼성큼 다가온 사람이었다.

몇 주 뒤 내가 아무런 경고도 없이 그녀의 집에 찾아가 현관에 주저앉아 울음을 터뜨리자, "벼락처럼 덮쳐 오는 일들이 있지만, 때로는 그만큼 빨리 사라져 버리기도 해"라고 말해 줬다. 그녀는 고통을 피해 달아나거나, 말실수한 친구들 그리고 날 돕지 못한 친구들을 용서하라고도 일러 줬다.

분개 말고도, 내가 돌봐야 할 더 큰 감정이 내 안에 있다는 사실을 그녀는 알았다. 그녀는 내가 가장 친한 친구를 묻을 때도, 부모님 두 분을 땅에 묻을 때도, 사랑하던 반려견을 묻을 때도, 내 곁에 머물러 주고 어떻게든 계속 살아갈 방법을 알려 줬다.

죽음을 적으로 받아들이지 않고 이야기의 자연스러운 결말로 받아들이는 것. 그건 비나 밤처럼 어느새 찾아오는 무심하고도 확실한 삶의 결과였다.

마조리가 살면서 가장 아쉬워한 점은 자녀가 없다는 것이었다. 자식을 낳지 않은 걸 두고 인생의 한 가지 선택지가 아닌 개인적 실패 혹은 잘못이라고 생각하는 게 나는 속상했다.

실제로 그녀는 가르친 학생이든, 보더콜리든, 친구든 상관없이 너무나 세심하게 두루두루 잘 보살폈고 성장을 도왔다. 그녀에게 자식이 있었다면, 우리 모두가 뭔가 조금씩은 잃었을 거란 생각을 지울 수 없다.

그런 점에서, 그녀에게 자식이 있긴 했다. 진짜 자식에 가장 가까웠던 친구는, 예전에 마조리가 가르쳤고 지금은 선생님이 된 벳시다. 마조리의 집에 세입자로 살다가, 동거인이 되었다가, 결국 완전한 친구이자 마조리가 의지하는 수양딸이 되었다. 벳시가 결혼을 하고 아이를 낳자 마조리는 케임브리지에 있는 자신의 2층짜리 주택 아래층을 빌려줬고, 결국엔 주택을 빌라 형식으로 개조해서 한 건물에 같이 살았다.

나는 2008년 여름에 찍은 사진 한 장을 가지고 있다. 생후 9주가 지난 새끼 툴라를 데리고 집에 왔을 때였다. 마조리는 수개월 전 내 첫 번째 사모예드인 클레멘타인이 세상을 떠났을 때 상실을 함께 맞아 줬던 것처럼, 우리 부족에 처음 들어와 뒷마당을 아장아장 걸어 다니는 가장 어린 구성원도 함께 맞아 줬다.

사진에는, 나이든 코리가 새로 등장한 강아지에게 경쟁심을 느끼는 눈빛을 보내면서도 평화롭게 앉아 있고, 한때 필드하키 선수였던 일흔이 넘은 할머니는 등을 꼿꼿이 세운 채 단단한 다리를 굽히고 코리 옆에 앉아 있다. 그녀는 5킬로그램밖에 안 되는 튤라를 안고, 반세기 동안 반려견을 키워온 여성의 차분한 시선으로 강아지를 살피고 있다.

그날 사진을 찍은 뒤 마조리가 나를 돌아보며 물었던 말이 기억난다. 그녀가 튤라를 잔디밭에 내려놓은 뒤, 우리 둘은 튤라가 새로운 세상을 탐색하는 모습을 바라보고 있었다.

"벌써 사랑스러운 마음이 들어?"라고 그녀가 물었다. 반려견을 데려오자마자 바로 사랑할 수 없다는 점, 그렇더라도 내가 곧 튤라를 사랑하게 될 거라는 말을 그녀는 하고 싶었을 것이다.

그리고 2년 뒤 마조리는 코리를 잃었다. 나는 작은 꽃다발을 그녀에게 선물했고 우리는 함께 울었다. 보더콜리가 없는 그녀의 삶을 상상할 수 없었기에, 나는 내 반려견을 함께 키우자고 제안했다. 바보 같은 제안이었지만 개들이 그녀에게 어떤 의미였는지, 그녀는 내게 어떤 의미인지를 증명하는 말이었다.

그쯤 마조리는 뉴햄프셔 퀘커(Quaker)에 있는 퇴직자 공동생활체에서 시간제 근무를 하게 되었고, 그녀는 코리의 마지막 2년을 그곳에 데리고 다녔다. 마조리는 자신이 기르던 모든 개를 최선을 다해 사랑했다. 모든 반려견을 사후 세계에도 데려갔을 거란 느낌이 든다.

사실 마조리는 사후 세계라는 개념을 아주 단호하게 믿지 않았다. 감상적인 사람은 나였고, 코리와 마조리가 죽은 후에도 강가 목초지에서 함께 있는 모습을 상상한 것도 나였다. 내가 이런 상상을 한 걸 말해 주면, 그녀도 웃으면서 좋아했겠지만 받아들이진 않았을 것이다.

코리가 죽은 뒤 그녀는 건강했던 신체가 걱정스러운 속도로 약해지기 시작했다. 3년을 더 살았을 뿐이다. 케임브리지에서 보낸 마조리의 마지막 여름, 그녀는 1년을 더 살지 못할 것 같다고 내게 말했다.

마조리는 전혀 극적인 기색 없이, 고통스러울 때 어떻게 죽어야 하는지 방법을 알아봐 달라고 했다. 다른 사람에게도 똑같은 부탁을 했는지는 모르겠으나, 내게 그런 요청을 한 게 당연했다.

마조리는 터무니없이 실용적인 사람이었다. 그녀는 적재적소에 알맞은 사람에게 적절한 부탁을 할 줄 알았다. 그녀는 내가 그 요청에 떨지 않고 성실히 조사해 줄 사람이란 걸 알았다.

나는 그녀를 달랬고, 그녀를 지켰다. 마조리가 뉴햄프셔의 의사와 잘 맞는다는 걸 알고, 그녀에게 진솔한 상담을 받아보라고 했다. 나는 나름대로 온라인 조사를 통해 이미 알던 걸 확인했다. 의학이나 법의 보호 없이 뭔가를 빨리 찾아내는 건 쉽고 간단한 문제가 아니다.

나는 죽음이 새끼고양이의 발걸음처럼 아주 조심스럽게 그녀에게 오게 해 달라고 마음으로 기도했다. 하지만 정원에 핀 아름다운 다년생식물이 하루 사이에 시들어 버리듯, 마조리도 한순간에 허약해졌다.

마조리는 매서운 추위가 강타한 2월, 뉴햄프셔에서 세상을 떠났다. 가을이 끝날 무렵 다시 돌아간 곳이었다. 여러 만성 질환이 흡인성 폐렴을 유발했고, 폐렴이 나아질 기미가 보이지 않자 그녀는 단도직입적으로 의학적 현실을 받아들였다. 예기치 못한 일이긴 했어도, 모두 놀라지는 않았다.

의사가 가망이 없다고 진단하자 벳시는 뉴햄프셔로 향했고, 마조리는 "계획이 조금 바뀌었다"라고만 말했다. 마지막까지도 모든 과제를 책임지고 결정했다. 그녀는 어떤 약물이나 연명 치료도 원치 않았으며, 몇 시간 안에 의식을 잃는다는 사실을 인지하고 있었다. 그러고는 등받이 의자에 기대어 앉아 코리의 사진을 들고 벳시를 옆에 세웠다.

벳시가 전화하고 싶은 곳이 있냐고 묻자, 마조리는 단호하게 "아니"라고 대답하며 "나는 내가 맺은 모든 관계를 신뢰해"라고 말했다. 그러고 한마디 덧붙였다. "내가 두려워하지 않았다고 모두

반짝거리고 소중한 것들

에게 전해 줘." 한 시간이 채 지나지 않아 마조리는 눈을 감고 숨을 거두었다.

그녀가 이 땅을 떠나기 전 마지막으로 일으킨 파장을 우리는 아주 잘 이해했다. 두 달 후 섀디 힐에서 열린 추도식에서, 전면에 달린 커다란 스크린에는 젊은 날의 마조리가, 근사한 마조리가, 포니에 탄 마조리가, 머리를 젖히며 깔깔거리고 웃는 모습의 마조리가 등장했다.

그녀는 실로 놀라운 사람이었다. 스크린으로 보이는 그녀의 삶은 차고 넘쳤다. 하지만 내 기억 속에서 붙들고 있는 건, 그녀가 일흔 중반쯤이던 무렵 케임브리지에서 어느 여름날에 본 모습이다. 우리는 동네를 가로지르는 좁은 길을 사이에 두고 서 있었다. 그녀는 아직 나를 보지 못했고, 나는 자연스레 품위가 드러나는 그녀를 봤다.

그녀는 (그 대학교에 가 본 적도 없을 법하지만) 오래된 애리조나주립 대학교 티셔츠를 입고 있었고, 헐렁한 반바지에 어부들이 쓰는 모자, 검안사들이 시력 검사용으로 쓰다가 버린 것 같은 플라스틱 선글라스를 쓰고 있었다(그녀는 사용하는 데 전혀 문제가 없다며, 다 부러지도록 그걸 쓰고 다녔다).

코리는 옆에 붙어 서서 영국 여왕을 바라보듯 마조리를 올려다

보고 있었고, 그녀는 미소 띤 얼굴로 천천히 걸으며 개에게 다정하게 이야기를 하고 있었다.

그녀의 모습은 어이가 없을 정도로 아름다웠다. 그 모습을 본 내 마음은, 모든 거추장스러움과 쓸모없는 허영을 벗어던지고 바람에 날리는 꽃씨의 자유로움으로 가득 차올랐다.

반짝거리고 소중한 것들 🌿

18

자기만의 방은 중요하다

Bright Precious Thing:
A Memoir by Gail Caldwell

아무도 내게 저녁을 준비하고,
자신을 희생하고, 예의를 갖추라고 강요하지 않는다.

버지니아 울프는 《파도(The Wave)》라는 제목으로 출간된 소설 집필을 시작하며, '매우 불완전하기 마련이다. 하지만 이 황홀한 책이 가지고 있는 힘은 하늘만이 아실 것이다'라고 일기에 썼다.

이 장면은 울프의 순전한 모습을 떠올리게 한다. 일기 도입부에서는 위풍당당하면서도 외로운 모습을 드러내며 작가의 경험을 정확히 묘사한다.

나는 이 문장을 프린트해서 위층 서재 벽에 붙여 두었다. 그 옆에는 튤라가 잠든 모습을 그린 그림, 글쓰기 아이디어들을 적어 둔 포스트잇, 제2차 세계대전이 끝날 무렵 아빠가 엄마에게 보낸 전보도 붙여 두었다.

그런데 최근에 와서는 그 장면이 슬퍼 보인다. 꽁꽁 얼어 있는 완벽의 정원, 누구라도 움직이면 물이 스미고 말 것이다.

나는 2층 둥지에 나만의 서재를 꾸몄고, 여기서는 전기나 수도를 사용하지 않는다. 시골집이라고 부르는 이곳은, 두 가족이 살 수 있는 2층 주택을 매입한 뒤 내 공간을 두 배로 넓힌 곳이다.

여기서는 손만 쓴다는 규칙을 정했다. 핸드폰도, 키보드도 없다. 오직 잡동사니 몇 가지, 펜과 연필이 꽂힌 병, 새 연습장 몇 개 뿐이다. 울프의 황홀한 작품만큼은 못되더라도, 내가 글을 써 주 길 조용히 기다리고 있다.

이제 자기만의 방을 가졌으니, 울프는 '여성을 위한 직업 (Professions for Women)'이라는 글에서 '방에 무엇을 갖출 것인지', 그리고 '어떤 기준에 근거해서 누구와 방을 공유할 것인지' 묻는다. 물론 마지막 질문에 대해서는 걱정하지 않았다. 초대받지 않고도 여기 올 수 있는 사람은 나의 이웃 피터와 타일러뿐이고, 두 사람 모두 내가 자리에서 일어나면 자연스레 아래층으로 내려간다.

타일러의 말을 빌리자면, '여기 2층에서는 아무 일도 일어나지 않는'다. 피터는 항상 벨지안 쉽도그인 샤일로와 함께 오지만, 보 통 나와 툴라를 위해 소란스레 휘파람을 불다가도 2층 계단에 다 다르면 항상 부드럽게 목소리를 낮춘다. 내가 중요해서가 아니 라, 방이 중요해서다. 이 방은 오래도록 고요를 흡수해 온 것처럼 고요를 이끌어 낸다.

방안에 무엇을 두었는지도 굉장히 중요하다. 물론 깊이 생각 하지 않고 둔 물건들이다. 위태로울 정도로 긴 프루스트의 문장 이 도해된 오래돼 보이는 포스터가 검은 벽난로 선반 위에 붙어 있다.

그 옆으로는 뉴햄프셔에서 로잉을 하는 캐롤라인의 사진과 그 해 여름에 찍은, 창문을 내다보는 두 반려견의 모습을 담은 사진이 있다.

버몬트에서 루어 코싱[34]을 하는 클레멘타인의 모습을 액션샷으로 찍어 둔 것도 있다. 한 살인 튤라가 내 무릎에 앉은 사진은, 새하얀 털 때문에 꼭 사자를 안은 모습이다.

캐롤라인의 이두근을 클로즈업해서 찍은 사진도 있다. 그녀는 너무 우습다고 했지만, 내가 너무 좋아서 보관하고 있다.

아빠가 자란 동부 텍사스 농장에서 가져온 소금통도 있다. 친구가 집에 행운을 가져다준다며 선물한 기다란 향기풀 몇 가닥도 있다. 피터와 내가 10년 전엔가 길에서 발견한, 곧 부서질 듯한 제도용 작업대가 지금은 원고와 책, 노트들로 덮여 있다.

방 모퉁이에는 이곳을 서재로 꾸밀 때 소설가인 친구가 선물한 깅엄체크 인형이 있다. 그녀는 나의 토템이자 괴짜 벗이다. 인형은 가슴팍에 연필을 무기처럼 두르고 있다. 루이스는 그 인형을 보내며, 인형이 나의 뮤즈가 되어 줄 거라 말했다(나는 보답으로 은빛 머리칼이 흘러내리는 진홍색 꼭두각시 인형을 보냈다).

---

34 lure coursing, 토끼를 대신해 토끼 형상의 비닐이나 천, 때로는 모피 등을 인공적으로 달리게 함으로써 개가 추격하도록 하는 게임을 말한다.

벽난로 위에는 푸른 조명도 있다. 작년에는 불교 기도문이 적힌 오색 깃발도 창문에 달았다. 푸른 조명과 오색 깃발은 조만간 다시 언급하게 될 것이다.

나는 울프의 정신으로 돌아가기 위해서 오래전 잉크병을 집어 던졌다. 가정의 상징적인 천사에 맞서기 위해 잉크를 무기로 사용했다. 남성에게 부여받은 성스러움으로, 창의적인 여성의 영으로 배를 채우는 가정의 천사에 맞서야 했다. 울프가 기록하길, 그녀는 한 세기 동안 여성들에게 영감을 주고 여간해서는 죽지 않는다. 그러니, 이제 내게 강요하는 천사는 없다.

아무도 내게 저녁을 준비하고, 자신을 희생하고, 예의를 갖추라고 강요하지 않는다. 오직 나뿐이다. 나와 반려견, 그리고 바늘이 없는 시계만 있다.

배고프면 먹고, 걷고 싶으면 걷는다. 때로는 몇몇 훌륭한 순간을 위해 검소하고 엄격한 흥정을 하고, 어쩔 땐 잔인한 고요함을 누린다.

요즘은 계단을 오를 때면 익숙하게 느껴지는 숲의 빈터를 향해 마음이 굽는다. 너무 무서워서 받아들이지는 못할 때도 있다. 어느 날은 그냥 앉아서 창밖을 내다본다. 가끔 겨울 오후에는 춤을 춘다.

반짝거리고 소중한 것들

타일러의 생일파티 준비 목록

타일러가 다섯 살 때, 여섯 번째 생일을 준비하며 게일에게 써 준 것(생일 몇 달 전)

흰색 푸들(수컷 또는 암컷)

진짜 고슴도치 가시로 만든 모자!

윙키라는 이름의 흰 담비

바나나 한 개

'아우 귀찮아!'라고 말하는 폴리라는 이름의 앵무새

초콜릿 쿠키로 만든 집

플루트나 리코더

가능하다면 검치호랑이 이빨(없으면, 틀라 아기 때 이빨)

그냥 목걸이도 있으면 좋음

2년 후, 생일파티 목록

"올해 생일엔 뭐가 받고 싶니?" 내가 묻는다.

타일러는 나의 질문에 별 관심이 없는 눈치다. 그녀는 초코칩 쿠키에서 초코칩을 제일 나중에 먹으려고 빼는 중이다. 그러더니 대수롭지 않게 말한다. "아무것도 없어요."

"아무것도 없다니! 항상 생일파티 목록까지 만들면서 잔뜩 기대

했잖아?" 내가 묻는다.

"좋아요, 할머니가 저의 가장 친한 친구가 돼 주면 좋겠어요."

나는 잠깐 머뭇거리고 나서, "음, 그건 쉽지. 그게 다야?"라고 묻는다. 그녀는 또다시 어깨를 으쓱한다. "제가 철이 들고 있나 봐요."

반짝거리고 소중한 것들

19

지켜 내지 못한 내 전부

Bright Precious Thing:
A Memoir by Gail Caldwell

나는 내 전부라고 여기던 것들에
작별인사를 해야 했다.

올해는 케임브리지에 첫 서리가 늦게 찾아왔다. 언제나처럼 급하게 정원의 생존자들을 끌어내야 하지만, 무엇을 남기고 무엇을 끌어내야 할지는 보통 명확히 보인다.

달리아는 파내어서 지하실에 보관한다. 구근 베고니아와 제라늄은 잘라서 해가 드는 베란다로 옮긴다. 하비스쿠스는 친구 로코가 일러 준 대로 잎을 하나씩 떼어 내고 봄이 올 때까지 반쯤 동면하도록 둔다.

세심한 관리가 필요한 양치류 식물은, 구시렁대며, 애지중지, 최고의 위치로 옮겨 왔다. 겨우내 잎을 떨구며 나를 성가시게 한다. 그 외 일년생 꽃들은 화분을 비우고 한파가 오기 전에 거꾸로 엎어 보관한다.

하지만 올해는 포기할 수 없다. 인정사정없이 해 보려 해도 어두워지니 사정이 달라진다. 콜레우스는 이미 기다랗게 자라 잎을 떨어뜨리고 있는데도, 섭씨 3도인 뒤 베란다에 옮겨 심었다. 선그로벨은 퍼내서 부엌으로 가져간다. 실내로 들어가자 이내 덩굴이 반쯤 죽어 버렸다.

나는 남은 잔가지들로 꽃다발을 만들고, 뒤적이지 못한 들쭉날쭉한 다섯 종의 양치식물을 위해 양치식물 병원을 만들었다. 그러다 이름도 모르는 가련한 식물들을 보고 잠시 멈칫했다.

겨우내 내 마음을 움직였던 다홍빛 시크라멘을 둘 자리가 없다. 내일 자리를 만들 것이다. 하지만 오늘만큼은, 거실의 은은한 조명 덕분인지 깜깜한 창밖을 배경으로 모든 게 푸르르고 생생히 살아 있는 듯 보인다.

이 모든 건, 가장 지켜 내고 싶지만 그러지 못하는 한 가지를 위해서이다. 튤라는 내가 왔다 갔다 하는 동안 뒤 베란다에서 꾸벅꾸벅 졸고 있다. 지난여름 튤라는 아홉 살이 되었고 우리는 조용히 팡파르를 울렸다. 조그마한 햄버거를 만들어 초를 꽂아 줬고, 우리는 계속 그다음 날들을 살아 냈다.

1월에 튤라는 수술로 치료 불가능한 간암 진단을 받고, 몇 주정도 더 살 수 있다는 시한부 선고를 들었다. 그동안 나는 튤라가 내출혈로 쓰러질 경우를 대비해 바짝 긴장했다.

휴대폰은 항시 머리맡에 두고 잤다. 지갑에는 동물 병원 두 군데로 가는 길을 적어 둔 종이를 넣고 다녔으며, 아무 도움 없이 얼마나 멀리 갈 수 있을지 계산하며 짧은 산책을 다녀왔다.

6월까지 튤라는 두 번의 예측을 넘기며 살았고, 가을이 되자

한 친구는 틀라가 실패를 극복했다고 말해 줬다. 하지만 나는 알았다. 틀라는 몇 번인가 집에서 쓰러졌고, 혈압이 급격히 떨어지면 축 늘어져 내게 기댔으며, 낮잠을 두 시간이나 자곤 했다.

그녀에게 고통이 없었다는 건 알고 있다. 사실 틀라는 안락하고 편안하게 살았다. 치킨 수프 누들도 먹고 이웃 아이들에게 온갖 관심을 받으며 지냈다.

나와 마찬가지로 틀라는 새끼 사진을 들여다볼 필요도 없었고, 옆방에서 훌쩍일 필요도 없었으며, 춥고 깜깜한 곳에서 다 시들어 버린 식물들과 지낼 필요도 없었다. 틀라는 태생이 불교도였기에 삶을 어떻게 흘려보내는지 알았다. 나는 그 정도는 아니었다.

'낙엽성의(Deciduous)'라는 단어는 'decidere'라는 라틴어에서 온 것으로, 떨어지거나 단명하는 혹은 오래 가지 못한다는 의미를 내포한다. '다년생식물(Perennial)'이라는 단어 또한 라틴어가 어원으로, 일 년 내내 지속한다는 의미를 가지며, 변치 않고, 오래가고, 끝이 없고, 한결같고, 불멸한다는 의미도 품고 있다.

식물군과 동물군에 따라 다르긴 해도, 매년 봄만 되면 땅에서 부활하는 것이다. 우리는 스스로 사자 새끼와 한 속이라 여기면서도 서양톱풀과 모란이 다시 피어나는 걸 보며 만족한다. 꽃 자체가 좋은 게 아니라 다시 태어나는 게 좋은 것이다. 비영구성의 선을 뒷받침하는 또 하나의 근거다.

'일년생식물(annual)'이란 단어도 한 해를 의미하는 라틴어에서 왔으며, '반드시 죽는(mortal)'이라는 단어도 죽음을 의미하는 라틴어에 어원을 둔다. 오직 한 단어만이 시간과 연관된 단어가 아닌 끝 혹은 빛을 잃는 순간을 의미한다. 반려견은 죽을 것이고, 나는 다년간 내가 죽을 때까지 반려견을 사랑할 것이다.

나는 양쪽 부모님 집안으로부터 원예 재능을 물려받았다. 물론 텍사스에서 뭔가를 기르는 일은, 특히 농장 집안 출신이라면 의무적으로 주어진 업이었다.

1950년대쯤 찍은 한 사진을 보면, 뒷마당에 있는 아빠 무릎에 아주 조그마한 내가 앉아 있다. 옥수수와 토마토의 키가 얼마나 큰지, 나는 밥도 못 얻어먹은 아이처럼 보인다.

아빠는 뭐든 열매를 맺도록 할 수 있었고, 우리의 입맛을 버릴 만큼 달게 키워 냈다. 엄마의 재능은 색상을 만들어 내는 것이었다. 환각을 초래할 만한 마법과 비슷했다. 엄마가 키운 팬지는 크리스마스에 꽃을 피웠고, 마치 실로시빈[35]을 먹인 듯 보였다.

나이가 들면서 원예기술에 조금씩 자신감을 잃자, 엄마는 1.2

---

35 psilocybin, 멕시코 산 버섯에서 얻어지는 환각 유발 물질이다.

미터가 넘게 자란 염좌를 키워 낸 비법을 두고 한 달에 한 번 정도 빗자루로 툭 친 것뿐이라고 말했다. 물은 주지 않았다고 했다. 물론 엄마의 말을 믿지는 않았지만, 아흔의 나이에도 자신의 말이 맞다고 주장하는 비논리성에 스민 확신을 나는 여전히 존경했다.

가을 중순쯤, 나는 내 전부라고 여기던 것들에 작별인사를 해야 했다. 샤일로를 키우는 피터와 팻이 캘리포니아 북부로 이사를 떠나게 되었다. 우리는 두 세대에 걸쳐 함께 개를 키웠고, 15년간 서로의 집을 들락거렸다. 거대한 대학 기숙사에 사는 것처럼 느꼈다. 열두 살이 된 샤일로는 심부전 진단을 받았다. 그들은 샤일로가 세상을 떠나기 전 새 집을 보여 주고 싶다고 했다.

팻과 나는 늦여름 밤 동네를 거닐며 시간을 보냈다. 나는 무턱대고 "자기 지금은 못 떠나"라고, 마치 타일러가 하기 싫은 일에 떼를 쓰듯 말했다. "지금 떠난다고 하면, 난 받아들일 수가 없어. 그건 완전 4중 폭행이야." 늑대 같은 우리의 반려견들은 우리보다 앞서 걸었고, 행복해 보이는 까만색과 상아색 아름다움이 늦 8월의 기우는 태양 속으로 향하고 있었다.

어느 날 저녁, 팻은 길에서 새끼 토끼를 발견했다. 숲도 토끼굴도 있을 법한 곳이 아니었다. 그녀는 즉시 새끼 토끼를 팔로 감싸들고 마을까지 데려왔다. 상자를 만들어 공원과 이어지는 옆집 끄트머리에 둔 뒤, 찾아갔다가, 옮겼다가, 다시 갖다 놓으며 걱정을 했다.

아마 반경 800미터 이내에서 이번 주에 태어난 수백 마리 새끼 토끼 중 한 마리일 텐데, 이 까만 토끼 한 마리가 우리의 관심을 받은 것이다. 만일 조바심과 관심을 받는 것만으로도 상서로운 미래가 보장된다면, 이 토끼는 하버드에 가고도 남았을 것이다. 그녀는 토끼를 그냥 보내지 못했다.

피터와 팻이 떠난다고 하니 떠오른 기억들이다.

그들은 10월 말에 떠났다. 이삿짐을 실은 차가 출발하기 전까지, 샤일로는 우리 집 소파에서 자고 있었다. 샤일로는 현관까지 나가더니, 사람들끼리 껴안고 작별 인사 하길 기다렸다가 내게 기댔다. 피터는 결국 샤일로를 안아서 차로 데려가야 했다.

머뭇거리던 샤일로의 행동에 어떤 의미가 있었는지 나는 알 수 없다. 그냥 졸렸거나, 나와 틀라를 떠남으로써 우리 무리를 깨뜨리고 싶지 않았는지도 모르겠다. 하지만 그들 모두를 잃는 순간의 그 장면은, 내게 영화 〈올드 옐러〉[36] 같은 순간이었다.

그 후 두어 달은 나와 틀라만 남아 있었다. 몇 주 동안은 가을

---

36 Old Yeller, 디즈니가 제작한 1957년 미국 영화로 시민전쟁 후 텍사스의 소년과 길 잃은 개에 관한 이야기를 다루었다.

정원을 청소하고 꿩의다리꽃과 스위트피를 지나친 애정으로 돌보느라, 날마다 흙에 파묻혀 시간을 보냈다. 해 질 녘까지 정원에 머물다 손이 흙으로 엉망이 되었고, 한철 늦게 피는 야생화들의 풍작을 보며 야생의 행복을 음미했다.

나는 항상 삶의 다년성을 상기해야 했고, 윌라 캐더(Willa Cather)의 소설 《나의 안토니아(My Ántonia)》에서 호박밭에 누워 완벽한 고요 속으로 떠다니는 장면을 아름답고 정교하게 묘사한 문장 '우리가 죽어 전적으로 다른 무언가의 일부가 될 때'를 상기해야 했다.

내 지친 마음에 연고를 발라 줬다. 내가 일하는 동안 튤라는 수호초 근처에 엎드려 있었고, 나는 튤라 옆에 누워 잡초와 한련초가 고개를 숙이고 우리의 슬픔을 흔적도 없이 덮어 주길 바랐다.

경이로울 만큼 자기중심적인 일곱 살의 타일러는, 튤라가 떠나기 전 뭔가를 더 많이 가르쳐 줘야 한다고 믿는다. 타일러가 말하길, 튤라가 한 달만 더 산다면 요정 훈련의 다음 단계로 넘어갈 수 있다고 한다.

나는 타일러에게 그러면 나도 치료해 줄 수 있냐고 묻는다, 내 상한 마음을 고칠 수 있냐고. 타일러는 아니요, 라고 말한다. 그러면서 마음을 고치는 건 마음 요정이 하는 특별한 일인데, 자신에겐 아직 그런 능력이 없다고 한다.

타일러가 얼버무리는 것 같아서, 하기 싫은 게 아니냐고 물었다. 타일러가 요정의 일에 이토록 난색을 표한 적이 있었던가? 뭐든 할 수 있다고 믿었는데, 라고 내가 푸념한다. 한밤중에도 부르면 와서 뭐든 해 주겠다고 했잖아.

타일러는 일곱 살 요정에게 마음을 고치라는 건 너무 큰 임무라며 한숨을 내쉰다. 하지만 그런 책임감에 압도되었다기보다, 그냥 번거롭고 귀찮은 것 같다. 타일러는 "좋아요, 그럼 제가 마음 요정을 불러 드릴게요. 하지만 여기까지 오는 데 시간이 좀 걸릴 거예요"라고 대답한다. 정말 오랜만에 웃음이 터져 나왔다.

튤라가 처음 암 진단을 받았을 때, 나는 가능한 한 수시로 튤라의 숨소리를 확인했다. 밤중에 서른 번은 깨어서 튤라의 숨소리를 들었다.

9년 전, 내 반려견의 숨소리가 들리지 않았을 때 느낌이 어땠는지 나는 잘 기억하고 있었다. 그때 나는, 다시는 클레멘타인을 사랑했던 것처럼 다른 개를 사랑하지 않겠노라 다짐했다. 클레멘타인을 너무 사랑했기에 이별을 감당할 수 없었다.

그러던 내가 더 강력한 후임견과 사랑에 빠지고 말았다. 5킬로그램짜리였던 너무나도 귀여운 강아지가, 이제 25킬로그램이나 나가는 세계 최고의 반려견이 되어 있었다. 그 친구들은 모두 세계 최고였다. 최악의 개라도, 당신이 사랑을 주는 순간 최고가 된다.

튤라는 생애 전체를 나와 함께 보냈다. 나는 내 삶에 극히 일부만을 튤라와 보냈을 뿐이다. 하지만 지금, 그 기나긴 몇 백만 분에 이르는 시간이 영원처럼 느껴지는데도 충분하지가 않다. 둘 중 누군가가 경고 깜빡이 한 번 없이 갑작스레 사라지는 일만 없다면, 사랑이란 원래 그런 것이다.

나는 튤라 근처 어딘가에 앉아 그녀의 어휘로 대화한다. 나는 여기에 있어. 네 침대에 누워서. 착하지. 연못이나 공원에 갈까. 치킨 누들 먹을까.

튤라에게 저녁으로 리가토니 파스타를 만들어 팬 채로 준다. 치킨 수프와 파마산 치즈로 간을 한 누들을, 찬물로 팬을 식힌 뒤 바로 먹으라고 바닥에다 내려 준다. 튤라는 로또에 당첨된 마냥 나를 빤히 올려다본다.

그녀는 삶의 마지막을 최고로 행복하게 보내고 있다. 끝이라는 걸 모르니, 두려움도 고통도 없다. 튤라는 현재를 살며 맛있는 누들을 즐긴다.

예기애도(Anticipatory grief)는 내가 겪고 있는 증상의 의학적 명칭으로, 곧 닥치게 될 고통을 대기하는 상태를 말한다. 의식의 저주란, 아직 알지도 못하는 고통을 심사숙고하는 능력이다.

오늘 묘지를 산책하며, 늦가을 일찍이 찾아온 첫눈에 강아지처럼 좋아서 내달리는 튤라의 늑대 같은 순수함에 울컥했다. 집에 도착해 뒤 베란다에서 잠든 튤라에게 노래를 불러 준다. 클레멘타인에 관해, 천국에서 여러 개를 무릎에 앉히고 있을 캐롤라인에 관해 내가 지은 노래들을 불러 준다.

우습겠지만 내 목소리는 튤라를 달래고, 그 이야기들은 나를 달랜다. 사후 세계의 약속이 진짜든 아니든, 오래되고 낡은 토끼 인형을 꺼내듯 필요할 때마다 그 약속을 끄집어낸다.

나는 다른 사람들과 마찬가지로 내가 어떻게 여기까지 왔는지, 자주 곰곰이 생각한다. 내가 타일러 나이 때, 어른이 되면 전문 개 사육자가 될 거라고 말했던 게 문득 생각났다. 이후 몇 년간은 수학자가 되겠다고 했다가, 승마 선수 그리고 작가가 되는 걸로 바뀌었다.

이상하게도 누군가의 아내가 되겠다고 생각한 적은 없었다. 나의 판타지 목록에도 아내가 된다는 항목은 없었다. 그게 무엇을 의미하는지 혹은 거기에 무슨 의미가 있기나 한지, 나는 모르겠다.

반짝거리고 소중한 것들 🌿

마지막이 다가오자 틀라는 밤낮이 바뀌었다. 우리는, 늦은 밤 11시가 넘었는데도 산책을 다녀오고 추운 날씨에 벽돌이 깔린 길 여기저기를 돌아다닌다. 틀라가 최대한 피곤하게 활동하고 돌아와서 편안히 쉴 수 있도록 한다. 집에 돌아와 틀라를 방에 혼자 두면 불안해하니, 틀라에게 목줄을 채운 채 우리는 함께 잔다. 타이타닉 돛대에 함께 묶인 기분이다.

틀라는 1년 중 낮이 가장 짧은 날 죽었다.

자는 동안 발작 소리를 들은 나는, 미동도 하지 않았다. 한창 깨고 싶지 않은 꿈을 꾸는 중이었다.

밖으로 나가는 문을 열었고, 겨울인데도 온통 꽃이 피어 있었다. 눈 덮인 배경 위로 수령초와 천상의 꽃들이 피어 있고, 보는 각도에 따라 빛깔이 다른 꽃이 핀 새하얀 마법의 나무를 보며 숨이 멎을 지경이었다. 그리고 거기에, 조금 더 어렸던 틀라가 수평선을 향해 멀어지며 달려가고 있었다.

다시 한 번 발작 소리를 듣고서야, 나는 잠에서 깼다. 틀라에게 가 보니 다리 한쪽을 쭉 뻗고 혼란스러운 얼굴로 가만히 앉아 있었다. 나는 틀라를 다시 침대로 데려와 눕혔다. 틀라의 잇몸에 핏기가 없었다. 목이 마르지 않도록 입에 물을 몇 방울 떨어뜨렸다.

운반대를 벽에 기대어 세워두고, 수의사에게 바로 전화를 걸 수 있도록 전화기도 됐다. 튤라를 사랑하고, 내 전화를 기다리고 있을 수의사다. 강아지 때부터 그랬던 것처럼 튤라의 두 앞발을 한 손으로 잡자, 튤라의 숨소리도 나의 숨소리도 느려졌다.

우리는 오랫동안 그 자세 그대로 머물렀다.

그날 밤이 다 끝날 무렵, 나는 2층 서재 창문에 푸른 조명을 걸고 불교 기도문이 적힌 오색 깃발을 걸었다. 쉬러 가는 이에게 인사를 건네는 나만의 방식이자, 죽은 자를 위한 푸른 별똥별이다.

반짝거리고 소중한 것들

20

앞에 놓인 것을
사랑해야 한다는 사실

Bright Precious Thing:
A Memoir by Gail Caldwell

우리는 모두 괜찮고, 사랑은 죽지 않는다.
다만 물리적인 육체만 죽어 없어질 뿐이다.

두 달이 지나고, 나는 캘리포니아로 향했다.

공항에 들어서자마자, 공항 내 작은 커피숍에서 낯선 사람과 얘기를 나누는 피터의 낭랑한 목소리가 들려왔다. 그의 목소리를 듣자마자 웃음을 터뜨린 나는, 거의 울기 직전이었다.

집이라는 게 그런 거 아닐까. 그게 어디든, 몇 발짝 떨어진 곳에서도 사랑하는 누군가가 보이면 특별한 이유 없이도 웃음이 나는 것. 그게 바로 집일 것이다.

나는 팻과 피터를 만나러 온 것이기도 하지만, 대부분 시간 동안 잠을 자고 떠날 준비를 하는 샤일로를 만나러 온 것이기도 했다. 집에 도착해 차에서 내리자마자 우리만 알던 휘파람 소리를 내니, 샤일로는 어디선가 나타나 조용한 보초병처럼 내 곁에 섰다. 샤일로는 잘 때도 밤새도록 내 침대 곁을 지켰다. 나는 아주 먼 곳까지도 우리가 연결되어 있음을 느꼈다.

수년 동안 내가 이 경이로운 생명체들, 틀라 그리고 샤일로와 나눴던 모든 사랑이 하늘을 날아, 케임브리지와 캘리포니아를 지나, 죽음과 삶을 모두 지나 다시 돌아오는 부메랑처럼 여기 닿은 듯했다.

우리는 모두 괜찮고, 사랑은 죽지 않는다. 다만 물리적인 육체만 죽어 없어질 뿐이다. 이런 생각을 하면 위안이 된다. 반복해서 잊고 마는 천진함처럼, 예전부터 알고 있었지만 언제나 잊고 사는 진실이다.

샌프란시스코에 살 때 나는 20대 초반이었고, 하루는 희망에 찼다가 다음 날 무너져 버리는, 방황하고 아슬아슬한 사람이었다. 혼란스러운 시대에 캘리포니아는 최고의 것과 최악의 것을 모두 다 가지고 있었다.

나는 진보적인 여성 변호사가 운영하는 로펌에서 법률 사무보조원으로 일했다. 내가 세상을 구하고 있다고 믿었으며, 멘도시노[37]에서 약을 하며 거대한 미래의 구름이 마음껏 약을 할 수 있는 완벽한 세상으로 나를 데려다 줄 거라고 믿었다.

지금, 그때를 떠올리며 고개를 젓는다. 그때는 기쁘면서도 우울했고, 중요한 건 아무것도 신경 쓰지 않았으며, 어딘가로 갈 때면 버클리의 텔레그래프 애비뉴(Telegraph Avenue)에서 히치하이킹으로 차를 잡아탔다.

---

37 Mendocino, 미국 캘리포니아 주 멘도시노 카운티에 있는 도시다.

수십 년 뒤 마린 카운티(Marin County)에서 책을 낭독할 때, 캘리포니아 북부를 사랑했어도 그곳에서 어른이 되는 법은 결코 배우지 못했다고 관중들에게 말했다. 관중들은 내 말에 거의 웃지 않았다. 아마 캘리포니아에서 어른이 되는 법을 아는 이가 아무도 없었거나, 나의 어리석은 젊은 날이 캘리포니아의 여유와 충돌했다고 말했을 뿐임에도 내가 자신들의 고향을 모욕한다고 생각해서였을 것이다.

나는 아직도 서부와 동부 중 어디가 더 나은 선택이었을까, 하는 생각을 한다. 계속 캘리포니아에 살았다면, 유키아(Ukiah)나 멘도시노에서 양 목장을 하거나 점성술사가 되어 항상 술에 취해 불행했겠지.

대신 나는 프리랜서 작가가 되었고, 보스턴의 집값이 싼 동네 다락방에서 술에 취해 불행해했다. 그러다 아래층으로 내려가, 눈보라와 두려움을 뚫고 걷다가, 내 길을 찾고 술을 끊었다. 서로 다른 환경이었어도 어려움은 같았다.

피터와 팻에게 삼나무를 보고 싶다고 말하자, 뮤어우드 공원(Muir Woods)으로 향했다. 내가 기억하는 삼나무 숲은 천국으로 들어가는 문이었는데, 이제는 주차하려면 예약하라는 네온 안내판만이 저 멀리 보일 뿐이었다.

피터는 우리를 차에서 내려 줬고, 팻과 나는 세월이 흘러도 변함없는 안식처로 걸어 들어갔다. 조용히 높게 솟은 삼나무들이 자리를 지키고 있었다. 나는 누워 오래 머물렀다. 나를 다른 어딘가로 데려다 주는 장소였다.

나는 열 살인가 열한 살 때 콜로라도에 갔던 날을 떠올렸다. 어느 가을 처음으로 포플러나무를 봤던 그날, 나는 숲이 마음의 예배당이라는 사실을 깨달았다.

오늘 여기서도 똑같은 걸 느꼈다. 우리는 다시 차에 올라 해안가로 갔고, 샤일로와 나는 차가운 태평양 바닷물로 성큼성큼 들어갔다.

캘리포니아에서 계속 살 수 있었을까? 모든 게 풍족했고, 열려 있었으며, 손만 뻗으면 닿을 듯했다. 최근 몇 달 동안 동굴 속에 갇혀 있던 내 마음이 어느 정도 반응하고 있다는 걸 잘 안다. 햇살 아래서 몇 킬로미터씩 걷고, 야외 수영장에서 맘껏 수영하고, 별을 바라봤다.

피터와 팻의 딸인 샤사와 함께 숲을 산책하는 길에, 어쩌다 말을 기르는 외양간에 들어갔다. 우리는 말과 대화하려고 담장 아래로 몸을 숙여 들어갔다. 말을 돌보는 여인은 한때 텍사스 로데오에서 우승한 적이 있다고 말했고, 나는 말에게 코를 비비며 행복감에 마음이 저렸다.

첫 번째 마구간에 있는 세 칸, 너무도 아름다운 말들이 서 있었다. 애팔루사로 보이는 흰색 얼룩빼기 말과 갈기를 땋은 도도한 상아색 암말 그리고 당당하게 고개를 치켜들더니 이내 안심하는 하얀 말이 있었다. 샤샤와 함께 산책하던 날 느지막이, 운이 좋아 만난 말들이지만 신비롭고 심오해 보였다.

나는 다시 한 번 사랑의 부메랑에 대해 생각했다. 내게 필요한 모든 걸 줬던 하얀색 동물들을 보며, 내 계획을 단단히 붙들었다.

떠나기 하루 전날, 나는 샤일로의 목에 머리를 기대고 바닥에 누워 노래를 불러 주며 작별 인사를 건넸다. 내가 떠나면 샤일로가 계속 날 찾을 거라고 피터가 말했다.

집에 돌아오고 이틀 뒤, 목과 얼굴 쪽에 옻이 올랐다. 샤일로와 잔디에 누웠을 때 흐른 눈물 때문에 번진 듯하지만, 그럴 만한 가치가 있는 눈물이었다.

공항에서 한 젊은 여성이 통통한 테라피 피그(therapy pig) 한 마리를 목줄에 걸고 여기저기 돌아다녔다. 돼지는 '테라피 피그. 저를 쓰다듬어 주세요'라고 적힌 옷에 반짝거리는 천사의 날개를 달고 발톱은 빨간색으로 칠했다. 정말 매력적인 모습의 돼지가 공항

이용자들 모두를 행복하게 만들었다.

게이트로 가니 어떤 젊은 여성이 벽에 기대어 요가 물구나무 서기를 했다. 남들 눈을 의식하지 않으면서도, 의기양양한 모습이었다. 내가 캘리포니아를 사랑하는 이유이자 사랑하지 않는 이유다. 나는 피터에게 테라피 피그 사진을 찍어 보내며 선물 고맙다는 문자를 보냈다. 그러자 그는 이렇게 답장을 했다. '암돼지 잘 돌봐야 해!'

캘리포니아에서 무슨 일이 일어난 게 분명하다. 닫혔던 내 시스템을 무엇인가가 비집어 열고 들어왔다. 나는 어두운 밤 혼자 의자에 앉아서도, 혼자라 느끼지 않고 분열되지 않는다. 그냥 슬프고, 슬픔에서 위안을 얻을 뿐이다. 그건 온전함이다. 때로는 기쁨 대신 경험 자체를 얻는다.

비탄은 어둠 속에서 펼치는 레슬링 경기다. 당신은 숨을 빼앗기고 탈진해 버린다. 당신은 쓰러지고 거대한 자신 그 자체가 될 뿐이다. 당신은 매번 다시 배워야 한다. 고통을 겪어 봤다고 해서, 이해하거나 거르고 넘어가는 법은 없다.

튤라가 죽고 몇 주 동안은 너무 많이 울어서 탈수 증상이 나타났고, 눈 주변은 다 헐었다. 한밤중에 울지 않을 수 있는 곳은 수영장이었다.

어느 날 저녁, 몇 시간 동안 회한과 절망을 오가다 결국 고통이 자기 비난에 이르자 도저히 뭘 해야 할지 몰라 수영장에 들어갔다. 수영을 하며 어린아이처럼 '튤라가 너무 보고 싶어'라고 생각하며 또다시 마음이 찢어졌고, 그리고 나니 괜찮아졌다.

타일러가 내게 써 준 카드를 선반 위에 올려 두었다. 타일러는 (글을 아주 잘 써 놓고도) 혹시 글자를 틀렸을까 걱정했다. 커다란 곰의 얼굴을 한 튤라를 그려 놓고, 그 주위로 하트를 그린 뒤 내게 편지를 남겼다.

사랑하는 게일,
튤라가 떠나서 너무 슬퍼요.
우리 함께 튤라에 대한 책을 써 봐요!

P.S. 튤라는 떠날 준비가 되어 있었을 거예요.

타일러는 그림 속 튤라의 가슴에다 작은 상자를 그리고, 그 안에 작은 하트와 조그마한 소녀(나)를 그려 넣었다. 그리고는 '게일'

이라고 표시해 줬다. 타일러는 내가 튤라의 마음 안에 있고 내 안에 튤라가 있다는 걸, 그림으로 말해 줬다.

어떤 전문가나 상담 치료사도 이토록 현명하진 않을 것이다. 나는 타일러가 준 카드에 입을 맞추고 그녀의 머리 위에도 입을 맞춘 뒤, 카드도 너도 정말 완벽하다고 말해 줬다.

북동부의 끝없는 겨울엔 무엇보다도 빛이 가장 먼저 돌아온다. 맹렬한 눈보라 한가운데서도, 견뎌 내야 하는 혹한의 바람이 7주나 더 남았어도, 매일 새하얀 눈 위로 하얗게 반사되어 펼쳐지는 빛을 보며 삶은 살아봄 직하다는 사실이 축복처럼 다가온다. 상처받고 황량해도 밝게 펼쳐지는 빛이 있고, 길어질 날이 있으며, 약속이 있다.

살아오면서, 지나온 것들보다는 앞에 놓인 것들을 사랑해야 한다는 사실을 배웠다. 그러지 못하면 삶의 여정에서 슬픔에 빠져 정신을 놓아 버릴 것이다. 과거의 시계와 앞에 놓인 날들 사이에 조심스럽게 머물러야 한다. 같은 길일지라도 말이다.

나는 겨울 중 아주 여러 날을 케임브리지 거리를 걸으며 보낸다. 어떤 날은 묘지에 들러 내가 돌멩이를 놓아 둔 묘비를 지나친다. 장식된 석판에는 1880년대에 사망한 벤자민(Benjamin)과 사라

피어스(Sarah Peirce)를 칭송하는 글이 새겨져 있고, 묘비석 바닥에는 '밤의 어둠보다 높이 날다'라고 쓰여 있다.

처음 내 시선을 끈 건 묘석 위에 새겨진 수학 기호 Ø, 즉 원소를 갖지 않는 집합인 공집합을 의미하는 것이었다. 그리고 기호 아래에는 '하나님은 한 분이시고 그를 아는 게 바로 과학이다'라고 새겨져 있었다.

나는 이 모든 조합에 흥미를 느껴 집에 가서 피어스라는 이름을 검색해 봤고, 그가 하버드에서 존경받던 수학자임을 알게 되었다. 파이(원주율)의 아름다움과 황금비율을 천체의 완전성이라는 아이디어에 접목하는 방법을 찾아낸 한 남자.

내게 그의 무덤은 누군가의 마음속을 들여다보는 실마리 같았고, 한 세기가 지난 뒤 낯선 이가 우연히 발견한 성소와도 같았다.

피어스의 아들은 저명한 철학자 C. S. 피어스로, 아주 오래전 학교에서 그에 대해 배운 적이 있다. 그런 내가 지금 여기, 그의 아버지 무덤에 와서 묘석에 새겨진 기호 Ø가 마음에 들어 작은 돌멩이들을 남기고 있다. 말하자면, 단지 내가 이걸 본 것만으로도 공집합이 채워진 것이다.

가능한 한 매일, 영감의 원천이 되는 샘물을 마셔야 한다. 꼭 대단한 트레비 분수가 아니어도 된다. 개울에서 흘러온 물도 괜찮고, 컵에 든 한 잔의 물이어도 된다. 아름다움이든 선함이든, 거기 있는 걸 취하면 된다. 들이마시는 공기도 피어스 무덤 위를 뱅뱅 도는 새빨간 꽁지깃을 단 매도, 영감을 준다.

돌멩이들을 남겨라. 걱정은 되도록 하지 말자. 나는 이 무덤이 좋고, 죽음과 희망에 관해 무덤이 가르쳐 주는 게 좋다. 타일러가 어릴 적 상상했던 40만 킬로미터도 넘는 밧줄처럼, 세대를 건너 무덤이 던지는 기다란 밧줄 같은 게 느껴진다.

나는 지금 나의 어둠보다 멀리 걸어 나가려 한다. 한 발짝 한 발짝이 모두 믿음의 행동이고, 매번 내쉬는 숨은 누더기가 되어 버린 기도문이다.

반짝거리고 소중한 것들

21
살면서 감당해야 할 두 가지

영원은 멀리 한 줄 기억 속에 흐릿해지도록 두고,
당신은 신기루를 향해 걸어가야만 한다.

여러 밤을 실내에서 수영하며, 성에가 낀 창문 유리 너머로 달을 바라봤다. 겨울 끝자락의 어느 저녁 바깥 온도가 영하 11도일 때, 나는 여행자이자 물리 교사인 키다리 친구 크리스에게로 달려갔다. 그녀는 틀라를 아꼈고, 언젠가 아름다운 반려견과 수영할 장소만 있다면 아무 데도 갈 필요가 없다고 내게 말해 줬다.

그녀는 그랬다. 떠돌아다니길 좋아하면서도 현실적인, 인생의 대부분을 규범을 삼가며 사는 사람이었다. 나는 창밖으로 거친 바람이 몰아치는 가운데, 그녀를 껴안으며 다정한 인사를 건넨 뒤 "이번 주에 내가 어딜 가는지 맞춰 볼래?"라고 물었다. 크리스는 눈동자를 이리저리 굴리더니, "파리?"라고 물었다.

내가 반려견을 돌보느라 넓은 세계를 돌아보지 못해서, 언젠간 꼭 가고 말리라 엄포를 놓던 곳이 파리였다. 나는 "아니"라고 답하고는 활짝 웃었다. "캐나다에 갈 거야. 새 반려견을 데리러 캐나다에 간다고."

그녀는 기쁨의 표현도 물리적으로 한다. 반쯤 고함을 지르고, 발을 쿵쿵 굴린다. 키가 180이나 되는 몸이 행복에 겨워 춤을 춘다. 눈빛만으로도 내게 잘하고 있다고 말해 준다.

파리까지는 결국 가지 못했지만, 운명의 반려견만 만날 수 있다면 내가 어디든 갈 수 있다는 걸 그녀는 잘 알고 있다. 운명의 반려견이 있는 곳이 내겐 최고의 여행지다.

내 친구 저스틴이 나와 함께 가 주기로 했다. 수십 년 동안 알고 지낸 저스틴은, 할 수만 있다면 내 남동생으로 삼고 싶은 친구다. 키가 크고 조용하고 재밌는, 자동차 여행을 함께하기에 딱 좋은 벗이다.

떠나기 이틀 전, 불길한 날씨 예보가 여기저기서 들려왔다. 우리는 뉴욕 북부를 지나 눈이 많이 내리는 지역으로 향하고 있었고, 3월임에도 기록적으로 강한 북동풍이 네 번이나 몰아친다고 했다.

눈보라가 휘몰아칠 때 강아지 한 마리를 데리러 가겠다고 온타리오로 향한다 해도, 그는 당황하는 사람이 아니다. 나 또한 눈보라 따위에 망설이지 않긴 하지만, 나는 이미 여행의 목적 때문에 정신이 나갔으니 온전한 분별력이 있다고 할 순 없다.

만나기로 한 개는 도그 쇼에 나가던 두 살배기 사모예드로, 이제 막 다른 새끼들과도 떨어졌다. 사육자가 날 위해 그 개를 선택한 것이 신의 계시인 듯한 게, 이름이 (내가 좋아하는 돌리 파튼(Dolly

　　　　　반짝거리고 소중한 것들

Parton)의 노래) 졸린(Jolene)이란다.

이 황량한 북부 뉴욕의 도로를 덩그러니 달리고 있는 사람이라곤 우리뿐이었는데, 하나는 미쳤고 다른 하나는 용감무쌍했다. 용감무쌍한 이는 운전 중이고, 나는 차창 밖으로 사슴들이 거니는 냉혹하고 척박한 언덕을 바라봤다. 날이 조금씩 길어져 먹이를 찾고 있나 보다.

머리 위로 지나던 흰기러기 떼가 늦겨울 단조로운 회색 하늘에 간간이 끼어들었다. 종을 기준으로 봤을 때, 우리는 수적으로 밀렸다. 바퀴가 굴러가는 차에 탄 몇 안 되는 인간만이, 눈보라를 지나 '캐나다'라는 단어와 화살표 하나로 북쪽을 가리키는 표지판을 지날 뿐이었다. 우리는 제대로 찾아가고 있었다.

온타리오 호는 거친 얼음과 파도가 넘실대는 바위투성이 바다. 우리는 내일 개와 함께 돌아가는 길에 최악의 폭풍만은 피할 수 있도록, 온타리오 호 가장자리 작은 마을에서 하룻밤을 묵었다. 저스틴은 평생을 뉴잉글랜드에서 살아왔고, 운전에 능숙하다. 나는 미리 힐튼호텔에 전화를 걸어 예약을 해 두었고, 도착해 보니 우리 말고는 방이 거의 다 비어 있었다.

내일은 두 배로 긴 여정이 되겠지만, 오늘 캐나다로 향하는 긴 시간 동안 친구들이 나를 위로하던 다양한 방식에 대해 생각에 잠겼다.

내가 튤라를 잃자, 친구들은 마음을 담은 조언을 아끼지 않았다. 한 친구는 "네가 과거의 기쁨을 다른 걸로 대체하려고 할까 걱정이야"라고 말했다. 그는 지금 내가 하고 있는 일을 정확히 짚었고, 그건 우리 모두가 하는 일이기도 했다.

사실 그가 진짜 하고팠던 말은, '네가 너무 나이가 들고 약해서 또다시 썰매견을 감당할 수 있을지 걱정이야'였을 것이다. 나는 인생 짧은데 덤벼 보라지, 라고 말했다.

나는 어디선가 본 듯한, 여러 마리 개를 데리고 다니는 할머니처럼 되고 싶다. 타일러가 말했던 팔로미노, 그리고 할 수만 있다면 용도 키우는 정신 나간 할머니가 되어도 좋다.

하지만 우리는 용을 데리러 가는 게 아니다. 졸린은 한 송이의 유령난초였다. 다음 날 아침 나를 처음 보자마자 내 가슴에다 두 앞발을 얌전히 올리는 사모예드였다. 그녀는 부끄러움이 많은 개고, 낯을 가리는데, 오늘만큼은 내가 자신의 반려인임을 알아보는 것 같았다.

한 치의 망설임도 없이, 우리 차 뒷좌석에 올라탔다. 오래된 내 티셔츠를 상자에 깔아 두었더니 그녀는 티셔츠에 기대어 엎드렸고, 머리가 쭈뼛쭈뼛 솟을 만큼 열 시간이 넘도록 케임브리지로

반짝거리고 소중한 것들 🌿

향하는 동안 아주 조용히 있어 줬다. 여왕의 자태를 뽐내는 새하얀 개는, 집으로 향하는 내내 창밖의 눈보라를 감상했다.

거의 5,000킬로미터가 떨어진 캘리포니아에서, 피터는 측면 공격수 역할을 자처했다. 30분마다 내게 문자를 보내, 일기 예보가 어떤지 알려 줬다. 우리는 사실 천지가 백색인 극지 근처를 지나고 있어서, 기상청을 대신해 폭풍 경로를 추적해야 할 만한 입장이었다. 피터는 길이 여러 개 있기라도 한 것처럼 '매사추세츠 턴파이크 고속도로만 계속 따라가'라고 문자를 보내 줬다.

캘리포니아 산 내비게이션의 안내 덕분에 기운이 난 가운데, 내가 정말 이 시점에 캐나다에 다녀온다는 사실을 믿지 못하는 두 남자친구에게서 전화가 걸려 왔다.

내가 새하얀 눈을 배경으로 졸린의 사진을 찍어 짐에게 문자를 보내자, 그는 '게일, 그곳에서 반려견을 만났구나'라고 답장을 보냈다. 그로서는 최고의 극찬이다.

밤 열 시가 되어서야 집에 도착했다. 도로 밖으로 미끄러지기도, 적막한 휴게소에 몇 번 들르기도 하며, 시속 56킬로미터로 기어 오다시피 했다.

나의 오래된 차 스바루(Subaru)가 우리를 여기까지 데려 왔지만, 내 인생의 남자들도 제 몫을 해 줬다. 한 명은 운전대를 잡았고,

한 명은 아주 먼 곳에서 날씨와 도로 사정을 확인해 줬다. 또 다른 이들은 중간중간 전화와 문자를 해 줬다.

나는 항상 오빠와 남동생을 원했는데, 이제 그런 축복을 누린다. 졸린은 낯을 가리지만, 덩치가 크고 부드러운 목소리를 가진 저스틴에게는 첫날부터 친밀감을 드러냈다. 졸린은 직감적으로 사람을 알아봤고, 나도 그랬다.

어느 날엔가 나는 내가 슬픔을 모른 척하는 건 아닌지, 받아야 할 고통을 충분히 받지 않는 건 아닌지 두려워한다. 졸린을 보면 클레멘타인과 튤라와 사랑했던 모든 게 떠오르고, 그러면 슬프지가 않고 기뻤다.

아무런 목적도 없이 서글프게 나를 뒤덮었던 안개가 걷혔다. 그러자 나의 벗이며 시인이며 현실주의자인 안드레아가 웃으며 말하길, 나는 충분히 고통을 받았다고 한다. 목동이 되는 건 소명이고, 한 번에 한 마리씩 내가 맡아야 할 운명이며, 이제 졸린이 나의 새로운 양이 되었다고 말해 줬다.

요즘 타일러가 집에 자주 오지도 않고, 와도 머무는 시간이 점점 줄어든다. 그녀는 농구를 하러 공원에 가거나, 친구들과 어울리고, 방과 후 승마 수업을 듣는다. 당연한 현상인 걸 나는 안다. 타일러는 하늘에서 우리 집 마당에 잠시 떨어졌던 별 같은 존재다. 나는 그 과정에서 좋은 기억으로 남는 역할을 했을 뿐이다.

여덟 살이 된 타일러는 서른 살쯤 먹은 사람 같다. 자신이 어른이 되면 최소한 키가 187 정도는 될 거고, 국가대표 폴로 팀에 들어갈 거라고 생각한다. 언젠가 내가 유머와 처량함을 섞어서 날 잊는 건 아니냐고 물었더니, 그녀는 "말도 안 되는 소리 하지 말아요"라고 대답했다.

어느 날 오후엔 기분이 나쁜지 이런 말을 했다. 세상 모든 사람이 사라지고 가족들이랑 좋아하는 사람들하고만 살고 싶다고. 사촌들, 반 친구들, 승마 팀 친구들이 세상에 남았다.

남길 사람들을 쭉 읊은 그녀는, 마지막에 좋아하는 선생님의 이름과 함께 내 이름도 넣어 줬다. 나는 기쁘면서도 조금 놀랐다. 새로운 세상에 어른들도 남긴다고?, 라고 내가 물었다. 그녀는 어깨를 으쓱하고는 대답했다. "조언해 줄 사람도 몇 명 있어야죠."

공집합 기호 Ø가 새겨진 피어스의 무덤을 처음 보았을 때, 나는 무한대 기호 ∞와 헷갈렸다. 어릴 때 나름 수학 영재였던 내가 처음부터 제대로 파악했어야 했지만, 어쨌든 몇 달간은 무한대로 착각하고 많은 생각을 했다.

나는 무의식중에 아무것도 없는 공집합이 아닌 영원함을 보고 싶었던 것 같다. 텅 빈 공간이 아닌 한계가 없는 수평선을 말이다. 나는 수평선이 두 가지 모두를 상징한다고 배우며 자랐다. 끝이 없으면서도 반드시 풍족한 개념은 아니기에, 내게도 그리고 세상에도 Ø와 ∞는 같은 걸로 보일지 모르겠다.

당신은 이 두 가지 모두를 감당할 수 있어야 한다. 요정들은 자라서 사라지고, 반려견과 친구들 그리고 사랑하는 사람도 모두 당신을 떠난다는 사실을 알아야 한다.

삶 자체를 비롯한 삶의 모든 것이, 타인의 선의는 물론이고 타인의 덧없음에도 달려 있다는 사실 또한 기억해야 한다.

영원은 멀리 한 줄 기억 속에 흐릿해지도록 두고, 당신은 신기루를 향해 걸어가야만 한다.

반짝거리고 소중한 것들

감사의 말

루이즈 어드리치(Louise Erdrich)와 일련의 깊은 대화를 나누는 중 이 책을 써야겠다는 생각이 처음으로 떠올랐고, 모든 페이지마다 그녀를 향한 나의 감사 인사를 담았다.

편집자 케이트 메디나(Kate Medina)와 에이전트 레인 재커리(Lane Zachary)는 모든 과정의 중심에서 명민하게 나를 지지해 줬다. 나와 이 책의 필요성을 믿어 준 것에 대해 감사의 마음을 전한다.

랜덤하우스(Random House) 담당자들이 수년간 나를 굉장히 신경 써 줬다. 특히 이번에 큰 도움을 준 아비데 바쉬라드(Avideh Bashirrad)에게 큰 고마움을 느낀다.

안드레아 코헨(Andrea Cohen)은 시인이자 벗으로서 그 누구보다 정성껏 내 이야기를 들어 줬다.

피터와 팻, 주디 웨인스톡(Judy Weinstock), 틴크 데이비스(Tink Davis) 그리고 장 킬본(Jean Kilbourne)에게도 감사의 인사를 빠뜨릴 수 없다.

지혜와 유머를 제공해 준 딕 채신(Dick Chasin)에게도 고마움을 전한다.

마지막으로, 자매애가 얼마나 강한지 알려 준 섀넌 데이비스

(Shannon Davies), 낸시 헤이스(Nancy Hays), 엘리자 가뇽(Eliza Gagnon) 그리고

진짜 여성 공동체의 힘을 알게 해 준 쉘 퀸즈(Soeur Queens) 구성원에

게 감사의 말을 전한다.

무레한 세상에서 자신을 지켜 낸 여성의 자전 에세이

반짝거리고 소중한 것들

인쇄일 2020년 8월 24일
발행일 2020년 8월 31일

지은이 게일 캘드웰
옮긴이 이윤정
펴낸이 유경민 노종한
기획마케팅 정세림 금슬기 최지원 현나래
기획편집 1팀 이현정 임지연 **2팀** 김형욱 박익비
책임편집 김형욱
디자인 남다희 홍진기
펴낸곳 유노북스
등록번호 제2015-000010호
주소 서울시 마포구 월드컵로20길 5, 4층
전화 02-323-7763 **팩스** 02-323-7764 **이메일** uknowbooks@naver.com

ISBN 979-11-90826-15-0 (03840)

- ─ 책값은 책 뒤표지에 있습니다.
- ─ 잘못된 책은 구입하신 곳에서 환불 또는 교환하실 수 있습니다.
- ─ 이 도서의 국립중앙도서관 출판예정도서목록(CIP)은 서지정보유통지원시스템 홈페이지
(http://seoji.nl.go.kr)와 국가자료공동목록시스템(http://www.nl.go.kr/kolisnet)에서
이용하실 수 있습니다. (CIP제어번호: CIP2020034260)